BASTEI
LÜBBE

BARBARA CARTLAND

Die Spionin des Kaisers

Aus dem Englischen von
Esther Facius

BASTEI LÜBBE

BASTEI-LÜBBE-TASCHENBUCH
Band 11 509

Deutsche Erstveröffentlichung
Titel der englischen Originalausgabe:
A Princess in Distress

Printed in West Germany Dezember 1989
Einbandgestaltung: Roland Winkler
Titelfoto: Vincente/NORMA, Barcelona
Gesamtherstellung: Ebner Ulm
ISBN 3-404-11509-0

Der Preis dieses Bandes versteht sich einschließlich
der gesetzlichen Mehrwertsteuer

I

1905

Lord Arkley durchquerte den Salon seiner Suite und trat auf den Balkon hinaus.

Es war Nacht, aber Mond und Sterne standen am Himmel, und die Fenster des Hotels waren hell erleuchtet. Der Park unter ihm war deutlich zu sehen, und dahinter erhob sich, eingefaßt von bewaldeten Hügeln und eingeschmiegt in ein sanftes Tal, silbern schimmernd die kleine Stadt.

Lord Arkley weilte nicht das erste Mal in Marienbad, das er für unterhaltsamer und attraktiver hielt als die andern Badeorte, die Edward VII. durch seine Kuraufenthalte in Mode gebracht hatte.

Alljährlich nach der Regatta in Cowes reiste der König ins Ausland, um in einem Heilbad Erholung zu suchen. Anfangs hatte er Homburg bevorzugt, und es war für seine Förderung zum Treffpunkt der großen Gesellschaft in den Sommermonaten geworden.

Inzwischen jedoch erfreute sich schon seit mehreren Jahren Marienbad der Gunst des Monarchen: eine kleine Stadt in Böhmen, idyllisch gelegen in einem anmutigen Tal, umgeben von grünen Wäldern und etwa siebenhundert Meter hoch über dem Meeresspiegel. Edwards Besuche hatten genügt, den Ort innerhalb kurzer Zeit zu einem der elegantesten Bäder Europas werden zu lassen.

Obwohl der König Urlaub machte und inkognito unter

dem Namen eines Duke von Lanchester reiste, wimmelte es während seines Aufenthalts in der Stadt von führenden, einflußreichen Persönlichkeiten des Adels, der Politik und der Wirtschaft.

Es war ihm unmöglich, sich seiner politischen Verantwortung zu entziehen, was – wie Edward immer wieder deutlich erkennen ließ – auch nicht in seiner Absicht lag.

Obwohl seine Mutter ihn lange Zeit bewußt von Europa und den Staatsgeschäften fernhielt, hatte er sich stets um politische Kontakte bemüht, deren Früchte er dann als König in reichem Maße erntete. Seine offensichtliche Genugtuung darüber, daß man ihm nun allenthalben großes Vertrauen entgegenbrachte und seinen Rat zu schätzen wußte, hatte etwas Kindlich-Rührendes.

Aber schon bald machten die Männer in seiner Umgebung die Feststellung, daß seine zahlreichen Kontakte mit den regierenden Dynastien, sein Charme, sein Takt und seine Art, andere in der Unterhaltung zum Reden zu bringen, ihm als Diplomat auf Reisen bestens zugute kamen.

Jedes Jahr verstärkte sich sein Ruf als erfolgreicher Vermittler auf internationalem Parkett.

Lord Arkley wußte, daß der König voller Ungeduld auf seinen Bericht über den Verlauf einer geheimen Mission wartete, die er soeben zu Ende gebracht hatte. Aber er war müde, und so kurze Zeit nach seiner Ankunft im Hotel hatte er einfach nicht die Absicht, beim König um eine Privataudienz nachzusuchen. Seine Majestät würde bis zum nächsten Morgen warten müssen.

Der Lord hatte bereits im Zug zu Abend gegessen, und er benötigte in diesem Moment zu seiner Entspannung nur noch das Glas Champagner, das er in seiner Hand hielt.

Nach vielen Wochen angestrengter Reisetätigkeit durch die deutschen Kleinstaaten, in denen man ihm mit größtem Argwohn begegnet war, spürte er nun aufatmend, wie ein Gefühl der Befreiung und Entspannung von ihm Besitz ergriff.

Es war angenehm, die Luft zu atmen, die nach Tannen duftete, und er dachte mit spöttisch verzogenen Mundwinkeln, daß er morgen sogar das Wasser der Heilquelle trinken würde.

Das Wasser von Marienbad war bekannt für seinen hohen Eisengehalt, und der Gedanke kam ihm, daß es Eisen war, was er im Augenblick dringend benötigte.

Die gedämpften Klänge eines Orchesters drangen an sein Ohr, am Himmel funkelten die Sterne, der würzige Duft der Tannenwälder und die Süße der unzähligen Blumen, die die Wege des Hotelgartens säumten, hüllten ihn ein. All das schaffte eine seltsam unwirkliche, beinahe romantische Atmosphäre, die auch für Lord Arkley nicht ohne einen gewissen Reiz blieb.

Er rief sich zur Ordnung: In diesem Augenblick hatte er wirklich nicht die Zeit für romantische Anwandlungen.

Der Gedanke war noch nicht ganz zu Ende gedacht, als er den Schrei einer Frau hörte. Es war kein lauter Schrei, eher der Laut eines kleinen Tieres, dem ein Schmerz zugefügt worden war.

Dann hörte er eine Stimme in flehendem Ton sagen:

»Bitte – Friedrich – laß mich los! Morgen – wird es – dir leid tun!«

Die Frau sprach englisch, und in ihrer Stimme zitterte die Angst.

Ein Mann antwortete auf deutsch, nuschelnd, mit schwerer Zunge. Es war eine Reihe von Flüchen und wilden Beschimpfungen, und Lord Arkley hatte keinen Zweifel daran, daß der Sprecher sinnlos betrunken war.

»Bitte – Friedrich – bitte! Schlag mich nicht wieder! Du weißt, daß – du das nicht tun – sollst!«

Ein Knurren ertönte, gefolgt von einem weiteren

Schmerzensschrei, der Sekundenbruchteile später in ersticktes Stöhnen überging.

Bestürzt hob Lord Arkley den Kopf.

Im ersten Moment vermochte er nicht auszumachen, woher die Laute kamen. Dann stellte er fest, daß die beiden, die er unfreiwillig belauschte, sich in dem Zimmer links von ihm befanden.

Das Hotel Weimar war ein imposantes, gelbgestrichenes Gebäude mit den für ein Grandhotel typischen Ausmaßen und Formen, wie sie um die Jahrhundertwende überall auf dem Kontinent anzutreffen waren.

Innen erkannte man diese Hotels an den großen Suiten, den winzigen Dachkammern und zahlreichen Abstellräumen, wie sie Gäste erforderlich machten, die mit reichlich Gepäck und einem großen Dienerstab zu reisen pflegten.

Das Weimar, eleganter und eindrucksvoller als die meisten seiner Konkurrenten, hätte man, wie Lord Arkley es gerne ausdrückte, als eine Mischung aus böhmisch-barockem Jagdschloß und französischem Provinzopernhaus bezeichnen können.

Ein Steinbalkon, teilweise so breit wie ein Hotelkorridor, lief in ganzer Länge des Hauses an den Zimmern im ersten Stockwerk entlang, wo die prominentesten Gäste untergebracht waren.

King Edward bewohnte fünf dieser Zimmer am anderen Ende des Korridors, und Lord Arkley hatte festgestellt, daß der kriecherische Hoteldirektor, Herr Hammerschmid, eine ausgezeichnete Menschenkenntnis besitzen mußte, als er ihm eine Suite im selben Stockwerk anwies, in dem auch die Räume des Königs lagen.

Lord Arkley ballte die Fäuste, als er durch die geöffneten Fenster der Nachbarsuite das pfeifende Geräusch einer niedersausenden Peitsche und den erneuten Schrei des gepeinigten Opfers hörte.

»Das ist ja unerträglich«, murmelte er zornig. »Wie kann dieser verdammte Deutsche einen Menschen auf diese Weise behandeln – zumal auch noch eine Frau!«

Er hörte das Klatschen der Peitsche – wieder und wieder. Und dann ein schwaches hilfloses Schluchzen, das jedem, der – gleichgültig, ob nüchtern oder betrunken – dafür verantwortlich war, die Schamröte ins Gesicht hätte treiben müssen.

Zu Lord Arkleys Erleichterung schien es in der Nachbarsuite eine Unterbrechung zu geben.

Jemand mußte das Zimmer betreten haben, denn eine dritte Stimme, offensichtlich die eines Dieners, sagte auf deutsch:

»Nun kommen Sie, Hoheit! Es ist Zeit, daß ich Sie ins Bett bringe. Geben Sie mir die Peitsche, ich bitte Sie! Sie haben genug damit angestellt.«

Es folgte ein neuer Wutausbruch, ein neuer Schwall von Flüchen und Schimpfnamen, die derart obszön waren, daß selbst Lord Arkley sie zum erstenmal hörte.

Doch die Stimme des Dieners besaß etwas so Besänftigendes und zugleich Gebieterisches, daß die Stimme des Betrunkenen an Schärfe verlor. Sie wurde leiser und verklang dann völlig, so als hätte man den Sprecher aus dem Raum gebracht.

Von der Frau hörte man keinen Laut mehr, und Lord Arkley fragte sich, ob sie wohl in Ohnmacht gefallen sei und sich jemand um sie kümmern werde.

Den Kopf lauschend geneigt, stand er da und wartete gespannt. Irgendwie hatte er das Gefühl, nachdem er den Beginn des Dramas mitbekommen hatte, müßte er auch dessen Ende kennen.

Er ging zum seitlichen Rand des Balkons und lehnte sich gegen die Balustrade. Er überlegte, welche der zahlreichen deutschen Hoheiten ein Trinker und eine Bestie wäre.

Mit sarkastisch verzogenen Lippen dachte er, daß es von dieser Menschengattung eine ganze Reihe unter ihnen gab.

Wie der König fand auch Lord Arkley dieses Zurschaustellen brutaler Kraft und Überlegenheit, wie der Kaiser es den regierenden Häuptern in Deutschland vorlebte, abstoßend und kaum zu tolerieren.

Der eigentliche Grund, weshalb der König Homburg gegen Marienbad eingetauscht hatte, war der, daß ihm das Bad am Fuße des Taunus mit der Zeit einfach zu deutsch, besser zu teutonisch vorgekommen war.

Militärische Zucht und Ordnung waren etwas, das der Vorstellung Edwards von einem unverkrampften Lebensstil nicht entsprach. Er liebte es ungezwungen und formlos, besonders dann, wenn er sich im Urlaub befand.

In Homburg hatte er sich im Hoheitsbereich seines Neffen aufgehalten, und für ihn war Kaiser Wilhelm die absolute Negation seiner Idee eines heiteren und erholsamen Ausspannens.

»Vor allem deshalb, weil«, wie Lord Arkley seinen Freunden gegenüber oft genug betonte, »der Kaiser sowohl im vertrauten Kreis als auch in aller Öffentlichkeit seiner Mißbilligung der Lebensauffassung des Königs und der Unmoral seiner Freunde zu unbekümmert Ausdruck verlieh.«

Da Lord Arkley sich die vergangenen drei Wochen in Deutschland aufgehalten hatte, ging er im Geiste sämtliche Königreiche durch, die er besucht hatte, und brachte sich deren Monarchen in Erinnerung.

Sie alle zeichneten sich zwar durch eine fast krankhafte Selbstüberschätzung aus, dennoch war niemand unter ihnen, dem er ein derart gefühlloses und brutales Verhalten gegenüber einer Frau zugetraut hätte.

Die Balkone der einzelnen Suiten waren durch niedrige Steinmauern voneinander getrennt, die ein mannshohes, mit Kletterrosen und Weinranken bewachsenes Eisengitter trugen.

Es machte keine Schwierigkeiten, durch dieses berankte Gitter hindurch auf den benachbarten Balkon zu schauen. Und als Lord Arkley nun zu der Suite nebenan hinüberspähte, sah er eine Frau, die aus dem erleuchteten Zimmer auf den Balkon hinauskam und bis dicht an die steinerne Balustrade trat.

Sie bewegte sich auf eine Weise, die verriet, daß das Gehen ihr Schmerzen bereitete, und obwohl er ihr Gesicht nicht sehen konnte, ahnte er, daß es blaß und verängstigt war.

Als er sich ein wenig über die Brüstung beugte und den Kopf drehte, konnte er die Unbekannte im Mondlicht deutlich erkennen.

Sie trug ein weißes Kleid, und sie war, wie er feststellte, sehr zart oder aber noch sehr jung.

Sekundenlang glaubte er tatsächlich, sie wäre noch ein Kind, und er spürte, wie ihn ein unbändiges Gefühl des Zorns und der Empörung ergriff.

Dann hob das »Kind« sein Gesicht den Sternen entgegen, und Lord Arkley erkannte, daß es sich doch ganz unmißverständlich um eine Frau handelte. Allerdings um eine unzweifelhaft sehr junge Frau.

Das Profil, das sich klar vor dem Himmel abhob, verriet einen edlen, aristokratischen Schnitt, und die lange, geschwungene Linie ihres Nackens besaß die Anmut eines Schwanenhalses.

Sie war mit Sicherheit kein Kind mehr, und nun sah er auch die Brillanten in ihrem Haar und an ihrem Hals.

Sie schien tief die Luft einzuatmen, um gegen das Gefühl der Schwäche anzukämpfen, das nach dem Erwachen aus der Ohnmacht, in die sie für kurze Zeit gesunken sein mußte, zurückgeblieben war.

Sie stieß einen schwachen, aber vernehmlichen Seufzer

aus, wandte sich dann um und ging mit zögernden Schritten in den hellerleuchteten Raum zurück.

Lord Arkley blickte ihr nach. Dann leerte er das Glas Champagner, das er immer noch in der Hand hielt, und die Hast, mit der er es tat, ließ darauf schließen, daß er glaubte, einen tüchtigen Schluck gebrauchen zu können.

Wer mochte sie sein?

Und wie konnte jemand ein Wesen von solcher Zartheit und Zerbrechlichkeit so brutal behandeln?

Lord Arkley hatte ihr Gesicht nicht deutlich erkennen können, aber er zweifelte nicht daran, daß sie sehr schön war.

Er war ein erfahrener Frauenkenner, und der König hatte oft zu ihm gesagt:

»Ich weiß nicht, wer von uns beiden der größere Weiberheld ist, Sie oder ich, Arkley. Jedenfalls habe ich die bessere Ausgangsposition.«

Es war ein Scherz, der Edward so sehr amüsierte, daß er ihn des öfteren wiederholte. Obwohl Lord Arkley über seine Affären niemals sprach, war er sich der Tatsache bewußt, daß es ihm genausowenig wie Seiner Majestät möglich war, sie völlig geheimzuhalten.

Schöne Frauen – und von ihnen gab es eine ganze Reihe am Hof und in dessen Umfeld – waren nur zu bereit, Lord Arkley zu zeigen, wie sehr er ihnen als Liebhaber willkommen war.

Er wäre kein Mann aus Fleisch und Blut gewesen, hätte er von den weiblichen Gunstbeweisen, die ihm auf so freigebige Art angeboten wurden, nicht dann und wann Gebrauch gemacht.

Die Sitten waren nicht die strengsten im Marlborough-Set und in der großen Gesellschaft, die seit einigen Jahren in den Buckingham-Palast umgezogen war. Die einzigen Regeln, auf deren strikter Einhaltung man bestand, lauteten: »Du sollst dich nicht erwischen lassen!« und: »Sorge dafür, daß du niemals einen Skandal verursachst!«

Alle Dinge, die mit einer Liaison zu tun hatten, wurden mit äußerster Diskretion und Zurückhaltung behandelt.

Lord Arkley hatte schon oft gedacht, daß die großen Gastgeberinnen, die sich preisen konnten, den König und andere junge Herren des Hochadels in ihren eleganten Häusern regelmäßig zu Gast zu haben, geradezu einen sechsten Sinn für sich anbahnende Beziehungen entwikkelt hatten. Meist spürten sie, wenn ein neues Verhältnis in Sicht war, noch bevor die Betreffenden selbst auch nur das geringste davon ahnten.

Im Augenblick allerdings befand sich Lord Arkley nicht in einer solchen Phase. Im Gegenteil, er war eben dabei, ein Verhältnis mit dem nötigen Takt, aber auch mit der nötigen Unerbittlichkeit zu beenden. Es handelte sich dabei um eine verheiratete Lady, die ihm inzwischen ein wenig zu anspruchsvoll und besitzergreifend geworden war.

Lord Arkley war ein Mann, der seine Freiheit über alles liebte und größten Wert darauf legte, immer und unter allen Umständen sein eigener Herr zu sein.

Er war eine zu selbstbewußte Persönlichkeit, als daß er es hätte verkraften können, sich den Launen und Wünschen einer Frau zu unterwerfen. Und obwohl er ein sehr leidenschaftlicher und einfühlsamer Liebhaber war, mußte er stets die dominierende Rolle in einer Liebesbeziehung spielen.

Nie hätte er es sich verziehen, wenn er bei einer Frau so schwach geworden wäre, daß er sich zum Spielball und Sklaven ihrer Launen hätte machen lassen.

Er hatte die Mission, mit welcher der König ihn betraut hatte, nicht mit ungeteilter Begeisterung angenommen, aber eines war ihm daran hundertprozentig willkommen gewesen: Er hatte England verlassen und somit seinen privaten Problemen entfliehen können.

Nun hoffte er, daß die betreffende Lady es begriffen hatte: Er sah die Beziehung als beendet an und war nicht gewillt, sie nach seiner Rückkehr noch einmal aufleben zu lassen.

Obwohl er ein selbstherrlicher, herrischer Mensch war, hatte er doch so viel Achtung vor der Persönlichkeit des anderen, daß er sich bemühte, Frauen mit der nötigen Achtung und Ritterlichkeit zu begegnen.

Die Szene, deren Zeuge er vorhin geworden war, besaß etwas so Befremdendes für ihn, daß es ihm fast unmöglich erschien, sie als Wirklichkeit hinzunehmen.

Er kehrte in den Salon zurück, und dabei beschäftigte ihn der Gedanke, daß er wohl in dieser Nacht keinen Schlaf finden würde, bevor er nicht wußte, wer die Bewohner der Nachbarsuite waren.

Sein Diener wartete auf ihn, und Lord Arkley sagte sich, daß Hawkins schon dafür sorgen würde, daß er nicht zu lange im Ungewissen blieb.

Seit zehn Jahren stand Hawkins nun schon in Lord Arkleys Diensten, und es gab wenige Geheimnisse seines Herrn, über die er nicht Bescheid wußte.

Sein Vater war Wildhüter auf Lord Arkleys Gut, und obwohl Hawkins nur eine einfache Schulbildung genossen hatte, besaß er einen ungewöhnlich scharfen Verstand. Eine Fähigkeit, die für das Leben, das Lord Arkley führte, ein unvorstellbares Plus darstellte.

Hawkins entwickelte eine wahre Meisterschaft im Ausfragen anderer Diener. Er entlockte ihnen im Handumdrehen die intimsten Geheimnisse, und oft genug hatte er seinem Herrn Informationen geliefert, die für diesen von unermeßlichem Nutzen waren. Außerdem hatte er zu Lord Arkleys absoluter Zufriedenheit in zahlreichen Fällen den Liebesboten gespielt.

Lord Arkley durchquerte den Salon, der, wie nicht anders zu erwarten, mit mächtigen, pompösen Möbeln eingerichtet war, und öffnete die Tür zum angrenzenden Schlafzimmer.

Hawkins war dabei, einen der ledernen Reisekoffer auszupacken, und hatte die Elfenbeinhaarbürsten und andere Toilettenartikel bereits säuberlich auf dem großen Ankleidetisch aus Mahagoni ausgebreitet.

»Lassen Sie das für einen Augenblick, Hawkins!« sagte Lord Arkley. »Ich möchte, daß Sie für mich herausfinden, wer die Suite links von uns bewohnt. Soweit ich es verstanden habe, handelt es sich um irgendwelche Hoheiten, ich kann jedoch keinen Namen mit ihnen verbinden.«

»Wird erledigt, Mylord«, erwiderte Hawkins bereitwillig.

Er hängte das Jackett, das er in der Hand hielt, über einen Bügel und brachte es im Kleiderschrank unter. Dann verließ er, ohne eine Frage zu stellen, den Raum.

Lord Arkley kehrte in den Salon zurück, goß sich ein zweites Glas Champagner ein und wanderte unruhig im Zimmer auf und ab.

Es ärgerte ihn, daß ihm der Name seines Hotelnachbarn nicht einfiel.

Es gab nur einige europäische Regenten, die ihm mehr oder weniger unbekannt waren und die ihn wegen seiner Stellung am Hof des Königs in ihrem Land nicht duldeten.

Wenn sie einander jedoch im Ausland, gleichsam auf neutralem Boden, begegneten, gaben sich die Hoheiten überschwenglich und freundlich, gleichgültig, wie ihre Gefühle ihm gegenüber auch sein mochten.

Es verging nur eine kurze Zeit, bis Hawkins wieder zurückkam, und Lord Arkley war sicher, Hawkins brachte ihm die gewünschte Antwort, die er ohne Schwierigkeiten einem Zimmermädchen oder einem Hoteldiener entlockt hatte.

Hawkins besaß einen Blick für Menschen, und er war

ein Genie im Umgang mit hübschen Kammermädchen, die sich seinem Charme kaum entziehen konnten.

»Well, Hawkins, Glück gehabt?« fragte Lord Arkley seinen Diener, nachdem dieser die Tür der Suite sorgfältig hinter sich geschlossen hatte.

»Die Bewohner der Nachbarsuite, M'lord, sind Seine Königliche Hoheit Prinz Friedrich von Wildenstein und Ihre Königliche Hoheit Prinzessin Mariska.«

»Gütiger Gott!«

Lord Arkley hatte diese Worte geflüstert. Laut fuhr er fort:

»Danke, Hawkins. Das war es, was ich wissen wollte.«

Der Diener ging ins Schlafzimmer zurück, und Lord Arkley nahm in einem der bequemen Sessel Platz. Er dachte über die Information nach, die er soeben erhalten hatte.

Eigentlich hätte er selbst auf den Namen seines Hotelnachbarn kommen müssen, doch Friedrich Großherzog von Wildenstein war ihm als Schurke in diesem Drama nicht in den Sinn gekommen.

Und das hatte einen ganz bestimmten Grund.

Vor drei Jahren hatte ein Verbrechen Europa und vor allem die Länder der ungarisch-österreichischen Monarchie erschüttert, das bei der Hochzeit des Prinzen von Wildenstein mit Prinzessin Mariska Esterházy begangen worden war.

Ein Anarchist, voller Haß auf alle gekrönten Häupter, besonders auf die in Deutschland, hatte eine Bombe in die Hochzeitskutsche geworfen, als sich das frischvermählte Paar auf dem Weg von der Kirche zum Schloß befand, wo der Empfang für die zahlreichen Hochzeitsgäste stattfinden sollte.

Die Braut war unverletzt geblieben, doch die Ärzte berichteten, der Bräutigam sei bei der Explosion der Bombe so schwer an der Wirbelsäule verletzt worden, daß er bis ans Ende seines Lebens gelähmt und an den Rollstuhl gefesselt sein würde.

Eine Welle der Furcht hatte die Höfe Europas erfaßt. Jeder Monarch machte sich Sorgen, er könnte das nächste Opfer sein.

Aber der eigentlich Betroffene war Prinz Friedrich selbst, der als sehr schneidig und als einer der größten Nachahmer Kaiser Wilhelms, seines Vetters, galt, was ihm verständlicherweise die Bewunderung und Verehrung seiner Landsleute einbrachte.

Hochgewachsen, gut aussehend, aus einer Reihe von Duellen siegreich hervorgegangen, war er der Typ des jungen Mannes gewesen, den Lord Arkley persönlich unsympathisch fand, der jedoch nach dem tragischen Unfall sein vollstes Mitgefühl besaß.

Das vom Schicksal so hart geprüfte Paar verschwand, wie zu erwarten gewesen war, ganz aus dem Blickfeld der Öffentlichkeit, und ein Jahr lang glaubte man sogar, Prinz Friedrich wäre nicht mehr am Leben.

Lord Arkley erinnerte sich nun, gehört zu haben, seine Königliche Hoheit reise von Heilbad zu Heilbad in der Hoffnung auf ein Wunder, das ihn wieder gesund machen würde.

Doch es wollte Lord Arkley nicht in den Kopf, daß ein Mann – mochte er auch noch so sehr leiden – derart tief sinken konnte und seine Frau schlug, die ihrem Aussehen nach viel zu unschuldig war, um ihm auch nur den kleinsten Anlaß zu derart maßlosen Wutausbrüchen zu geben.

Die Esterházys waren eine der ältesten und vornehmsten Familien Ungarns, und sie lebten überall im Land.

Vage erinnerte sich Lord Arkley daran, daß der Zweig, von dem die Komteß Mariska stammte, einer Seitenlinie angehörte und nicht so wohlhabend war wie der von Prinz Miklós, dem Oberhaupt der Familie.

Die Eheschließung war überall als ein großer Triumph

des Mädchens angesehen worden. Mariska war nämlich nicht aus königlichem oder fürstlichem Geblüt. Durch ihre Verbindung mit Friedrich von Wildenstein war sie in den Kreis der Monarchen aufgestiegen, obwohl das Großherzogtum Wildenstein nicht gerade von großer Bedeutung war.

Geographisch zwischen Brandenburg und Sachsen gelegen, war es in der Tat so klein, daß das Ansehen, das es genoß, lediglich der kaiserlichen Gönnerschaft zu verdanken war.

Es war bezeichnend für die Gefühlskälte und den Egoismus des deutschen Herrschers, daß er nach der Tragödie Wildenstein und seinen an den Rollstuhl gefesselten Regenten völlig aus dem Auge verlor. Der Name Wildenstein spielte am preußischen Hof in Berlin keine Rolle mehr.

»Die Wirkungen einer Anarchistenbombe beschränken sich nicht nur auf den Zeitpunkt der Explosion«, murmelte Lord Arkley nun vor sich hin.

Und er beschloß, am nächsten Tag seine Bekanntschaft mit Prinz Friedrich zu erneuern.

Nach einem guten, erholsamen Schlaf erwachte Lord Arkley früh am Morgen. Ein Blick auf die Uhr sagte ihm, daß es noch nicht einmal halb sieben war.

Er wußte, daß genau um halb sieben der Kammerdiener des Königs, Meidinger, das Schlafzimmer seines Herrn betrat, um die Vorhänge aufzuziehen.

Es war ein Scherz, mit dem Königin Alexandra ihren Gatten oft zu necken pflegte, indem sie sagte, daß der König in diesem Augenblick ohne Zweifel immer die gleiche Frage stelle.

»Was wird es heute für ein Wetter geben, Meidinger?«

Sobald Meidinger dem König diese Frage beantwortet hatte, würde Edward aufstehen und sich ankleiden.

Kurze Zeit später promenierte er dann, seinen Sekretär auf der einen und einen königlichen Kammerherrn auf der anderen Seite, in der Nähe des Kreuzbrunnens auf und ab.

Lord Arkley, der es haßte, faul im Bett zu liegen, fand, es wäre ein guter Zeitpunkt, dem König seine Rückkehr zu melden.

Also läutete er nach Hawkins, zog sich an und nahm im Salon das Frühstück ein. Dann begab er sich auf der Suche nach dem König zum Kreuzbrunnen.

Es war ein strahlender Sommermorgen, und Marienbad zeigte sich von seiner besten Seite. Die breite Prachtstraße wurde auf der einen Seite von Bäumen gesäumt und auf der anderen von ungewöhnlich eindrucksvollen Kolonnaden begrenzt.

Hier wurde promeniert, hier trank man das Wasser der Heilquelle buchstäblich im Gehen – im Dahinwandeln, weshalb man auch von der Wandelhalle sprach.

Die Gentlemen, die dem Beispiel des Königs folgten, trugen graue Anzüge und sportlich empfundene Homburger, deren Krempen vorne verwegen nach oben gebogen waren.

Einer wie der andere hielten sie in der einen Hand einen Spazierstock oder zusammengerollten Regenschirm, in der anderen einen Becher mit dem eisenreichen Wasser der Marienbader Quelle. Und während sie gemächlich oder gemessen die Kolonnaden auf und ab schritten und sich angeregt miteinander unterhielten, nahmen sie bedächtige Schlucke aus ihrem Trinkgefäß.

Für gewöhnlich erschienen die Ladys erst später am Morgen zu diesem feierlichen Ritual, elegant und kostbar gekleidet und keine von ihnen ohne den obligatorischen Sonnenschirm zum Schutz gegen Sonne oder Regen und vor allem nicht ohne den kleinen Becher mit dem Heilwasser in der behandschuhten Linken.

Mit einiger Verzögerung, verursacht durch zahlreiche Bekannte und Freunde, die alle laut beteuerten, wie entzückt sie seien, ihn zu sehen, fand Lord Arkley schließlich den König.

Wie es nicht anders zu erwarten war, sprach er mit einer attraktiven jungen Dame, die ihren Geschlechtsgenossinnen zuvorgekommen war und die Aufmerksamkeit des Königs einfach dadurch auf sich gezogen hatte, daß sie früher aufgestanden war.

Lord Arkley hielt sich in angemessener Entfernung und wartete, bis der König die Unterhaltung, die offensichtlich sehr intimer Natur gewesen war, beendet hatte.

»Um fünf dann!« sagte Seine Majestät schließlich. »Ich freue mich schon darauf.«

Lord Arkley kannte die Bedeutung dieser Worte. Majestät würde der Dame zur Teezeit einen Besuch abstatten.

Die Begegnungen mit dem König waren nicht nur sehr begehrt, sie wurden auch mit größter Sorgfalt vorbereitet. Die Modeschöpfer hatten zu diesen Anlässen eigene Teegewänder entworfen, die es den Ladys erlaubten, auf einengende Mieder und überflüssige Unterkleider zu verzichten.

Üblich war es auch, daß zu solchen Zusammenkünften besondere Duftwässer verwendet oder Räucherkerzen entzündet wurden. Und die zugezogenen Vorhänge trugen das ihre zu der vertraulichen Atmosphäre bei.

Der König ließ seine Bewunderin stehen und wandte sich Lord Arkley zu.

Die Freude auf seinem Gesicht war unverkennbar, als er dem anderen die Rechte entgegenstreckte.

»Da sind Sie ja, Arkley! Ich hatte Sie schon gestern erwartet.«

»Ich traf erst nach dem Dinner hier ein, Sir, und hielt es für unangebracht, Sie so spät noch zu stören.«

»Für das, was Sie mir zu sagen haben, ist es niemals zu spät oder zu früh, Arkley«, erwiderte der König. »Kommen Sie, ich kann es nicht erwarten, Ihren Bericht zu hören.«

Er nahm Lord Arkleys Arm und strebte mit lebhaften Schritten einem Seitenweg zu, auf dem nicht so viele Menschen waren.

Nachdem er vor einigen Halbweltdamen den Hut gezogen und mehreren ausländischen Würdenträgern huldvoll zugenickt hatte, erreichten sie eine leere Bank, die – umgeben von Blumenbeeten und Sträuchern – mitten auf dem Rasen stand.

Der König ließ sich darauf nieder, während Sekretär und Kammerherr sich diskret zurückzogen. Außer Hörweite blieben sie stehen und warfen ein wachsames Auge auf die Spaziergänger, um zu verhindern, daß Seine Majestät bei seiner Unterredung mit Lord Arkley gestört wurde.

»Well?« fragte der König und machte es sich auf der Bank so bequem, wie sein stattlicher Bauch es erlaubte. Mit aufmerksamen Augen blickte er Lord Arkley an.

»Es verhält sich so, wie Sie vermutet haben, Sir«, begann Lord Arkley. »Der Kaiser schürt ganz bewußt und vorsätzlich den Haß gegen England, und die Offiziere sämtlicher Regimenter bemühen sich nach Kräften, seinem Beispiel zu folgen.«

Der König nickte.

»Genau, wie ich es erwartet habe.«

Die Eifersucht des Kaisers auf seinen Onkel, sein Verhalten im Burenkrieg, die Lieblosigkeit gegenüber seiner englischen Mutter in der Zeit vor ihrem Tod ließen den König und viele andere bedeutende Persönlichkeiten in England ernsthaft um die Zukunft fürchten.

Der König hatte schon immer Schwierigkeiten mit seiner deutschen Verwandtschaft gehabt, und der Kaiser hatte erst kürzlich in Cowes ganz bewußt die Konfrontation mit seinem Onkel gesucht.

In aller Öffentlichkeit hatte er »das völlig schwachsinnige System der Handikaprennen« kritisiert, und er umgab das Yachtrennen mit soviel militärischem Beiwerk, daß der König kürzlich seinen Freunden gegenüber bemerkt hatte: »Die Regatta von Cowes war für mich einmal ein herrlicher Tag zum Ausspannen, aber nun, da der Kaiser das Heft in die Hand genommen hat, geht mir das Ganze auf die Nerven mit seinen ewigen Salutschüssen, dem Hurrageschrei und all dem anderen martialischen Drum und Dran.«

Der König war 1901 nach Deutschland gereist, wo seine Schwester unheilbar an Krebs erkrankt war.

Er hatte ausdrücklich den Wunsch geäußert, daß sein Besuch in Friedrichshof in aller Stille stattfinden sollte. Um so fassungsloser war er gewesen, als er beim Verlassen des Zuges in Frankfurt feststellen mußte, daß sein Neffe ihn in voller Uniform und mit allen militärischen Ehren empfing.

Aber dies hatte sich noch irgendwie verkraften lassen, nicht aber des Kaisers Bemerkung über die britischen Minister, die er in aller Öffentlichkeit als »komplette Nieten« bezeichnete.

Den größten Fauxpas leistete sich der Kaiser jedoch bei seinem Besuch auf der Insel im vergangenen Jahr. Obwohl von seiten des Königshauses und der Regierung alles geschehen war, um ihm den Aufenthalt in England so angenehm wie möglich zu machen: Es wurden Jagd- und Dinnergesellschaften zu seinen Ehren veranstaltet, man ließ Musiker und Schauspieler eigens von London nach Sandringham kommen, um ihn zu unterhalten. Dennoch fand er kein Wort der Anerkennung für seine Gastgeber. Im Gegenteil, er hatte an allem etwas auszusetzen. Niemand konnte es ihm recht machen.

Da der Kaiser die Briten unsympathisch fand, unterließ er es nie, dies bei jeder Gelegenheit in aller Deutlichkeit zu äußern. Fest jedenfalls stand, daß die Briten ihn ebensowenig mochten wie er sie.

Als dann einige Offiziere aus der Begleitung des Kaisers bei einer Jagd mit ihren Revolvern auf Hasen schossen, war die britische Öffentlichkeit entsetzt. Die schamlose Zurschaustellung der deutschen Unwissenheit auf künstlerischem und kulturellem Gebiet machte dieses Entsetzen dann vollständig.

Die Beziehung zwischen König und Kaiser erkaltete daraufhin zusehends, und in diesem Jahr erreichte die Abkühlung ihren Tiefpunkt, als der Kaiser in Tanger eine bombastische Rede hielt, in der er die wachsenden Interessen Deutschlands an Marokko scharf kritisierte.

Kurz vor dem Zustandekommen eines Freundschaftspaktes zwischen England, Frankreich und Rußland konnte man dies nur als den boshaften Versuch bewerten, Uneinigkeit zwischen den Vertragspartnern zu säen und den Pakt selbst zu vereiteln.

Der Kaiser war überzeugt, daß sein Onkel gegen ihn intrigierte, und sein Groll gegen ihn wurde noch stärker, als es ohnehin schon der Fall war.

»Er ist ein Teufel!« verkündete er auf einem Bankett in Berlin, an dem auch Lord Arkley teilnahm. »Sie können es sich kaum vorstellen, was für ein Teufel er ist!«

Es gab noch viele andere Bemerkungen dieser Art, die Lord Arkley dem König eigentlich nicht hätte vorenthalten dürfen. Doch er verschwieg sie Seiner Majestät, da er es für klüger hielt. Vor allem aber verschwieg er die Tatsache, daß der Kaiser öffentlich über die lockeren Sitten der englischen Gesellschaft herzog und dabei Edwards Beziehungen zu Mrs. Keppel in keiner Weise aussparte.

Obwohl sich Lord Arkley dem König gegenüber in diesem Punkt nicht äußerte, glaubte er, gewissen Äußerungen des Monarchen entnehmen zu können, daß man diesen schon von anderer Seite entsprechend informiert hatte.

Es war bekannt, daß Seine Majestät bei diesem Thema sehr empfindlich reagieren konnte.

Aber trotz aller Zurückhaltung, die Lord Arkley sich auf diesem Gebiet auferlegte, gab es genügend Dinge, die er zu berichten hatte.

Er erwähnte den mit großer Hektik vorangetriebenen Bau deutscher Kriegsschiffe, die denen der britischen Flotte an Größe und Schlagkraft bei weitem überlegen waren. Er sprach von der deutschen Truppenstärke, die nicht nur von Jahr zu Jahr, sondern von Monat zu Monat zu wachsen schien.

Der König lauschte seinen Worten sehr aufmerksam. Zuhörenkönnen war eine seiner hervorstechendsten Eigenschaften.

Schließlich dankte er Lord Arkley und erhob sich von der Parkbank.

»Sie müssen mir noch ausführlicher berichten«, sagte er. »Vor allem möchte ich wissen, wie die Gefühle meiner deutschen Verwandten mir gegenüber sind. Aber nun muß ich erst einmal zu meinen Anwendungen, Arkley.«

Mit einem Lächeln, mit dem er nicht nur einzelne Personen, sondern ganze Völker verzaubern konnte, fuhr er fort:

»Danke, Arkley. Ich weiß, ich kann mich auf Sie verlassen, und ich werde Ihre Dienste zweifellos in aller Kürze wieder benötigen.«

Er lachte leise.

»Dennoch gewähre ich Ihnen ein paar Tage Urlaub. Ich bin sicher, Sie werden schon bald eine schöne Frau finden, mit der sie ihn verbringen können.«

Er machte eine bedeutungsvolle Pause, bevor er fortfuhr:

»Nehme an, Sie haben bereits Ihre Wahl getroffen. Jedenfalls habe ich Ihnen zwei oder drei sehr reizvolle Ladys übriggelassen.«

»Das ist sehr großzügig von Ihnen, Sir«, erwiderte Lord Arkley, ein Funkeln in den Augen.

»Kehren wir zu den Kolonnaden zurück, und halten wir die Augen offen«, schlug der König vor und klopfte Lord Arkley freundschaftlich auf die Schulter.

Gefolgt von Sekretär und Kammerherr, den beiden Begleitern Seiner Majestät, traten sie den Rückweg an. Noch bevor sie den Kreuzbrunnen erreicht hatten, sah Lord Arkley, wie sich Ihnen eine Gruppe mit einem Mann in einem Rollstuhl näherte.

Ein kurzer Blick sagte ihm, daß der Gelähmte kaum noch jenem Prinzen Friedrich glich, den er in Erinnerung hatte.

Es gab nicht mehr das markante, schmale Gesicht mit den edelgeschnittenen Zügen. Der Mann im Rollstuhl war dick und aufgedunsen. Die Duellnarben auf seinen feisten roten Wangen waren deutlich zu erkennen.

Es schien unmöglich, daß ein Mann sich innerhalb von drei Jahren so sehr verändern konnte, und dennoch bestand kein Zweifel daran, daß es sich bei dem Kranken um Prinz Friedrich handelte.

Neben ihm ging die schlanke, zierliche Gestalt in Weiß, die Lord Arkley am Abend zuvor auf dem Nachbarbalkon gesehen hatte.

Ein Blick in das Gesicht der Prinzessin sagte ihm, daß sie wirklich die Schönheit war, als die man sie zur Zeit der Hochzeit gepriesen hatte.

Neben ihrem Ehemann wirkte sie äußerst zerbrechlich. Ein Eindruck, zu dem nicht zuletzt der zarte, fast durchscheinende Alabasterton ihrer Haut beitrug.

Die dunklen Augen waren ungewöhnlich groß und schienen das kleine Gesicht vollkommen auszufüllen, und es war unmöglich, den Ausdruck der Qual und Verängstigung darin zu übersehen.

Ihr Haar war dunkel, obwohl Lord Arkley immer geglaubt hatte, es wäre rot, da sie Ungarin war.

Etwas Durchgeistigtes und zugleich Rätselhaftes umgab sie. Sie wirkte unirdisch, wie ein Wesen von einem anderen Stern.

Als der Mann, der den Rollstuhl schob, des Königs ansichtig wurde, blieb er stehen, und Lord Arkley stellte fest, daß der Prinz und die Prinzessin von zwei Männern, vermutlich Privatdetektiven, begleitet wurden.

Der König zog den Homburger mit der gebogenen Krempe.

»Guten Morgen, Friedrich«, sagte er leutselig. »Guten Morgen, Mariska.«

Prinz Friedrich murmelte ein paar unverständliche Worte, doch die Prinzessin knickste höflich. Der König verneigte sich mit einer für einen Mann seiner Größe und Gewichtigkeit erstaunlichen Leichtigkeit vor ihr und hob ihre Hand an seine Lippen.

»Ein schöner Tag«, sagte er, »und ich kann mir keine schöne Frau vorstellen, die besser zu ihm paßt als Sie.«

Die Prinzessin lächelte, und sekundenlang wich die Traurigkeit aus ihren Zügen.

»Eure Majestät sagen stets so liebenswürdige Dinge zu mir.«

Ihre Stimme war sanft und melodisch.

»Darf ich Ihnen einen bezaubernden Engländer vorstellen, der eben erst in Marienbad angekommen ist«, sagte der König. »Kaum hatte ich Lord Arkley angekündigt, er werde hier einige sehr attraktive Ladys kennenlernen, als Sie auch schon erschienen.«

Die Prinzessin streifte Lord Arkley mit einem scheuen Blick, während der König Prinz Friedrich die Hand auf die Schulter legte und sagte:

»Ich nehme an, Sie kennen Arkley, Friedrich.«

Lord Arkley hatte sich vor der Prinzessin verneigt und sagte nun:

»Ich weilte vor einigen Jahren in Wildenstein, Sir, und Sie waren sehr gastfreundlich zu mir. Ich erinnere mich noch bestens an eine Rotwildjagd, auf der ich Sie begleiten durfte.«

»Ja, erinnere mich auch«, erwiderte Prinz Friedrich mißmutig. »Aber für die Jagd tauge ich inzwischen nicht mehr, wie Sie sehen.«

»Ich kann Eurer Königlichen Hoheit nur mein tiefstes Bedauern ausdrücken«, entgegnete Lord Arkley leise.

Der König unterhielt sich angeregt mit der Prinzessin, und Lord Arkley stellte fest, daß ihn das mürrische Wesen des Prinzen abstieß.

Da er das Gefühl hatte, noch einen weiteren Versuch machen zu sollen, den Mann im Rollstuhl ein wenig aufzuheitern, sagte Lord Arkley:

»Ich komme soeben von einer Reise durch Sachsen und Hessen zurück, Sir.«

»So?«

Die Erwiderung schien ein schwaches Interesse zu signalisieren. Lord Arkley fuhr fort: »Vor allem in Hessen verlebte ich sehr angenehme Tage.«

Der Prinz schien sichtlich aufzuleben. Er stellte Lord Arkley einige Fragen. Dann sagte er plötzlich scharf:

»Teufel, Zeit für meine Massage!«

Die Worte galten nicht Lord Arkley, sondern dem Mann, der den Rollstuhl schob.

»Erst in zehn Minuten, Königliche Hoheit«, antwortete dieser.

»Widersprich nicht! Tu, was ich dir sage!« schnarrte der Prinz. »Bewegung also, wenn ich bitten darf!«

Es war ein Befehl wie auf dem Kasernenhof, und der Mann gehorchte auf der Stelle.

An seiner Stimme erkannte Lord Arkley, daß es sich um den Mann handelte, der am Abend zuvor in der Nachbarsuite seinem Herrn die Peitsche aus der Hand genommen hatte.

Die Prinzessin lächelte zu einer Bemerkung des Königs, und für einen kurzen Moment sah sie sehr jung und glücklich aus.

Vielleicht so wie damals vor ihrer Heirat, als alle ihre Freundinnen sie beneidet hatten, weil sie eine regierende Prinzessin werden sollte. Die Großherzogin eines kleinen, aber wohlhabenden Landes.

Es war unwahrscheinlich, daß sie ihren Bräutigam geliebt hatte. Vermutlich war es eher umgekehrt der Fall gewesen. Der Prinz mußte sie geliebt haben, sonst hätte er sich wohl keine Frau ausgewählt, die nicht aus königlichem Geblüt war.

Aber gleichgültig, ob Liebe mit im Spiel war oder nicht, der Vorfall an ihrem Hochzeitstag mußte für Mariska ein entsetzlicher Schock gewesen sein. Und das Wissen, daß die Bombe eines Wahnsinnigen ihr ganzes Leben verändert hatte, nicht minder.

»Sie müssen an einem der folgenden Abende einmal mit mir dinieren, meine Liebe«, sagte der König.

»Friedrich wird mich wohl nicht gehen lassen«, antwortete sie. »Er geht nie mehr aus – seit damals.«

»Wir werden versuchen, ihn zu überreden«, erwiderte der König. »Es ist nicht gut für ihn, in seinem Zustand immer zu Hause herumzusitzen und Trübsal zu blasen.«

»Bitte, Majestät, vielleicht gelingt es Ihnen wirklich«, sagte die Prinzessin flehentlich.

Dann blickte sie sich um und sah bestürzt, daß der Rollstuhl mit ihrem Gatten bereits die Kolonnaden erreicht hatte.

»Oh, ich muß gehen«, rief sie mit verängstigter Stimme.

Sie knickste vor dem König, und bevor sie sich zum Gehen wandte, blickte sie sekundenlang Lord Arkley an, der neben ihr stand. Dann eilte sie mit den anmutigen Bewegungen eines jungen Fohlens davon.

»Armes Kind!« sagte der König mitleidsvoll, und nach einer Pause fügte er hinzu: »Armer Teufel! Was für ein Leben! Ich würde den Tod vorziehen.«

Lord Arkley gab ihm innerlich recht, aber es blieb nicht mehr die Zeit, es dem König zu sagen.

Sie hatten den Kreuzbrunnen erreicht, und nun – später am Morgen – beherrschten die Ladys die Szenerie. Sie wirkten wie exotische Blüten und gaben sich so lebendig, daß einem neutralen Beobachter das gewissenhafte Trinken des Heilwassers völlig überflüssig erscheinen mußte.

Der König war in seinem Element. Nichts genoß er mehr als das Bad in der Menge, besonders wenn diese vorherrschend aus schönen Frauen bestand.

Da er Urlaub machte und keine Amtsgeschäfte auf ihn warteten, gab es immer wieder die Möglichkeit zu einem erregenden Abenteuer.

Lord Arkley erinnerte sich an die amerikanische Schauspielerin, die in London vergeblich auf die Einladung zu einer Dinnerparty gewartet hatte, an der der König teilnahm. Sie war dann im vergangenen Jahr kurz entschlossen nach Marienbad gereist.

Sie nahm einige Zimmer in einem Hotel in der Nähe des Weimar und versuchte, den Tagesablauf des Königs zu erkunden.

Eines Morgens saß diese Lady, die als eine der schönsten Schauspielerinnen der amerikanischen Bühne galt, elegant gekleidet und scheinbar weltentrückt in ein Buch vertieft, auf einer Bank in der Nähe des Kurhauses.

An diesem Morgen wurde der König von Sir Frederick Ponsonby und zweien seiner engsten Freunde begleitet.

Als die Gruppe an ihr vorüberging, hob Maxine Elliott

die großen dunklen Augen von ihrem Buch und kreuzte ihren Blick mit dem des Königs.

Die Gentlemen gingen weiter.

Bereits eine Minute später kehrte einer der königlichen Begleiter mit einer Nachricht zu der bewußten Bank zurück.

»Seine Majestät glaubt, daß Sie Miß Elliott sind. Er bewundert Ihr Spiel so sehr und würde entzückt sein, wenn Sie heute abend an einem Dinner teilnehmen würden, das Mrs. Arthur James zu Ehren Seiner Majestät gibt. Sieben Uhr fünfundvierzig im Weimar. Eine offizielle Einladung wird Ihnen noch in der nächsten Stunde in Ihr Hotel gebracht werden.«

Das Ende der Story, dachte Lord Arkley mit einem zynischen Lächeln, entsprach haargenau den Vorstellungen von Maxine Elliott. Kein Kunststück für eine schöne Frau, die wußte, daß der König kein Kostverächter war.

Dennoch war der König nicht der einzige, der es verstand, in den Wandelgängen des Kurhauses amouröse Kontakte zu knüpfen.

Es gab eine ganze Anzahl von Ladys, die regelrecht darauf brannten, ihre Bekanntschaft mit Lord Arkley aufzufrischen.

In den Augen vieler bemerkte er jenen Ausdruck, der ihm durchaus nicht unbekannt war. Jene lockende Mischung aus Unsicherheit, fragendem Vermuten, ob er noch frei sei, Aufforderung und natürlich Verheißung.

Ein amüsantes Spiel, das jedoch im Augenblick keinerlei Reiz auf ihn ausübte. Während Lord Arkley mit dem König ins Weimar zurückkehrte, sagte er sich, daß ihn seltsamerweise nichts anderes zu fesseln vermochte als die Frage, was wohl im Augenblick in der Nachbarsuite vorgehen mochte. Außerdem gab es für ihn keinen Zweifel: Prinzessin Mariska war schöner als jede andere Frau, die er in Marienbad gesehen hatte.

Ja, wenn er ehrlich war, war sie bei weitem die schönste und ungewöhnlichste Frau, der er jemals im Leben begegnet war.

II

Für mich steht fest, Sir, daß die Deutschen langsam Alpträume bekommen, wenn sie an den französisch-englisch-russischen Zusammenschluß denken.«

»Diesen Gedanken habe ich auch«, stimmte der König zu.

Seine Majestät hatte Lord Arkley rufen lassen, und sie saßen in seiner Suite im Weimar, die, wie der Eigentümer hoffte, so eingerichtet war, daß sie den Vorstellungen eines englischen Königs von behaglicher Wohnkultur entsprach.

Es gab einen offenen Kamin, rote Mahagonitäfelung an den Wänden und vor dem Kamin zwei mächtige, bequeme Ledersessel.

Lord Arkley lächelte amüsiert, als der König ihm erzählte, daß seine Suite jedes Jahr eine neue Einrichtung erhielt, die sich von der des Vorjahres völlig unterschied.

Doch dieser Einfall war nicht so sehr dem Sinn des Hotelbesitzers für Extravaganzen entsprungen, sondern eher seinem sehr realistischen Geschäftssinn. Denn Möbel, Teppiche und Vorhänge wurden weit über ihren Anschaffungswert hinaus für teures Geld als Souvenirs verkauft. All diese Dinge wurden Herrn Hammerschmid regelrecht aus den Händen gerissen, wie der König schmunzelnd zum besten gab.

Lord Arkley war sich im klaren, daß der König über

vieles von dem, was er ihm berichtete, schon Bescheid wußte.

Er wußte auch, daß dem König sehr daran gelegen war, die französischen Interessen in Marokko zu unterstützen und vor allem die *entente cordiale* zwischen Frankreich und Rußland zu festigen, die erst kürzlich geschlossen worden war.

Als er eine Stunde später die Suite des Königs verließ, hatte er ein Geheimnis erfahren, das die Deutschen, falls sie davon gewußt hätten, noch mehr beunruhigt hätte, als sie es schon waren.

Der König hatte ihm den Inhalt eines geheimen Auftrags anvertraut, den General Brun, der Chef des französischen Generalstabs, Anfang des Monats seinem Militärattaché in London übermittelt hatte.

Der Militärattaché sollte herauszufinden versuchen, welche konkrete Hilfe die britische Armee Frankreich im Falle eines Krieges mit Deutschland zu geben imstande sei.

Lord Arkley fragte nicht, wie der König an eine Information von solcher Brisanz herangekommen war. Doch sein rasch arbeitender Verstand sagte ihm, daß dies die erste Masche in einem Netz von Gesprächen und Absprachen auf höchster Ebene war, die das Ziel hatten, Frankreich und England noch enger aneinander zu binden im Kampf gegen die machtgierigen Kriegspläne der obersten deutschen Heeresführung.

»Ich bin Ihnen sehr dankbar«, hatte der König nach dem einstündigen Gespräch gesagt. »Und ich werde Sie täglich genauestens auf dem laufenden halten, was die Entwicklung gerade dieser Angelegenheit betrifft. Aber seien Sie um Gottes willen vorsichtig bei allem, was Sie in Marienbad sagen und tun. Ich habe das Gefühl, daß die Spione und Spitzel meines Neffen allgegenwärtig sind.«

Dies war auch Lord Arkleys Meinung.

Es überraschte ihn daher nicht, als er beim Verlassen der königlichen Suite zwei deutsche Offiziere sah, die in ihren prunkvollen preußischen Uniformen vor ihm den Korridor entlangschritten.

Er konnte ihre Gesichter nicht erkennen, war sich jedoch bewußt, daß es sich um zwei sehr ranghohe Militärs handelte.

Er stellte fest, daß sie zu Prinz Friedrichs Wohnung unterwegs waren, und dachte bei sich, wenn sie dem kranken Regenten im Namen des Kaisers einen Höflichkeitsbesuch abstatteten, zeigte dies, daß Wilhelm ihn jedenfalls noch nicht ganz vergessen hatte. Schließlich war Prinz Friedrich ja auch einer der treuesten Diener des deutschen Monarchen gewesen.

Lord Arkley ging in den Salon und überlegte, wie er mit Prinz Friedrich – und wenn er ehrlich war, vor allem mit dessen Gemahlin – erneut zusammenkommen könnte.

Obwohl er erst einen Tag in Marienbad weilte, hatte man ihn schon mit zahlreichen Einladungen zu jenen Veranstaltungen und Vergnügungen überschüttet, die an einem Ort wie diesem nicht abzureißen scheinen.

Meist handelte es sich um Einladungen zu großen Dinnergesellschaften, auf denen der König als Hauptgast zugegen war, zu Luncheons, Bridgepartys, Ballveranstaltungen und Theateraufführungen.

Er hatte bereits die Bekanntschaft mit Prinzessin Murat und der Marquise de Ganay erneuert, beide sehr attraktive und bezaubernde Ladys und alte Freundinnen des Königs.

Er hoffte, daß sie die Aufmerksamkeit Seiner Majestät von ihm ablenken würden, denn Lord Arkley hatte inzwischen den Eindruck gewonnen, daß der König, der eine Schwäche für Intrigen und das besaß, was er Spionagegeschichten nannte, seine Zeit mehr als unbedingt nötig in Anspruch nahm.

»Zum Teufel!« murmelte er. »Auch ich habe Urlaub, und ich wäre genausogern inkognito hier wie der Duke von Lanchaster.«

Schließlich hatte er ein paar Tage des Ausspannens verdient, denn der König selbst hatte ihm bestätigt, daß er seine Sache ausgezeichnet gemacht habe. Während seines dreiwöchigen Aufenthalts in Deutschland hatte er eine Anzahl von Dingen herausgefunden, die der König unbedingt zu wissen wünschte.

Aber nun wollte er all dies vergessen und nur noch seinem Vergnügen leben. Und dies bedeutete, wie er sich eingestand, seltsamerweise nichts anderes als eine nähere Bekanntschaft mit Prinzessin Mariska.

Unruhig trat er auf den Balkon hinaus in der Hoffnung, durch die mit einem Gitter versehene Abtrennung einen Blick auf sie zu erhaschen. Doch der Nachbarbalkon war leer, und aus dem Salon der Prinzensuite waren keine Stimmen zu hören.

Enttäuscht beschloß Lord Arkley, einen Spaziergang zu machen. Vielleicht würde er einmal ins Spielkasino hineinschauen oder einer der attraktiven Frauen seine Aufwartung machen, die ihn zu einem Besuch bei sich aufgefordert hatten.

Lord Arkley überlegte noch, als von nebenan die bellende Stimme des Prinzen an sein Ohr drang.

»Da bist du ja endlich!« schrie er wütend. »Wo, zum Teufel, treibst du dich herum?«

»Ich sagte dir doch, daß ich der Duchesse versprochen hatte, sie einmal aufzusuchen, Friedrich. Sie ist alt und kann ihr Zimmer nicht mehr verlassen. Vor allem wollte sie mich sehen, um sich nach deinem Befinden zu erkundigen.«

»Wenn ich möchte, daß du für irgendwelche alten Weiber, die längst auf den Friedhof gehören, das Dienstmädchen spielst, werde ich es dich wissen lassen!«

»Es – tut mir leid, Friedrich.«

»Das sollte es auch. Ich hatte Besucher, und du hättest hier sein müssen, um dich um sie zu kümmern!«

»Besucher?«

Lord Arkley hörte die Überraschung in der Stimme der Prinzessin.

Es war nicht einfach, sie zu verstehen, da sie wie gewöhnlich sehr leise sprach. Dafür verstand man den Prinzen um so besser. Er war verärgert und schrie seine Frau an, was seinem kehligen, durchdringenden Organ eine noch größere Reichweite verlieh.

»Baron von Eckartstein und Admiral von Senden kamen eigens nach Marienbad, um mich zu sprechen.«

»O Friedrich, wie schön für dich! Ich freue mich ja so sehr darüber.«

»Du siehst also, daß ich doch noch nicht völlig nutzlos bin. Wenn du auch gegenteiliger Meinung bist.«

»Du weißt genau, daß ich etwas Derartiges noch nie gedacht habe«, antwortete Prinzessin Mariska ruhig.

»Der Kaiser braucht meine Hilfe.«

In der Stimme des Prinzen lag ein prahlerischer Klang, der Lord Arkley, der dem Gespräch eigentlich nur gelauscht hatte, um die Stimme der Prinzessin zu hören, erstarren ließ.

»Wie kannst du ihnen helfen, Friedrich?«

»Nicht nötig, irgendwelche Fragen zu stellen«, entgegnete ihr Ehemann barsch. »Du brauchst einfach nur zu tun, was ich dir sage. Aber zunächst bringst du mir einen Drink!«

»Hältst du das für – klug?« fragte die Prinzessin stokkend. »Du weißt, was der Arzt sagt.«

»Gott im Himmel! Streite nicht mit mir, sondern gehorche! Du bist einfältig und zu nichts nütze, und nur weil ich dich geheiratet habe, befinde ich mich in dieser üblen Lage. Tu also wenigstens, was man dir sagt!«

Wieder hatte der Prinz sich in eine wilde Wut gesteigert, und da die Prinzessin wohl fürchtete, seine Stimme könnte im Park oder in den angrenzenden Suiten gehört werden, schloß sie das Fenster.

Lord Arkley verstand nun nicht mehr, was gesprochen wurde, nur noch bellende Laute drangen zu ihm herüber. Und während er in den Salon zurückkehrte, verriet sein Gesichtsausdruck Unruhe und Sorge.

Was hatte der Besuch des Generals von Eckartstein, zeitweiliger Geschäftsträger in London, und des Admirals von Senden bei Prinz Friedrich zu bedeuten?

Unwahrscheinlich, daß der Regent in dem Gesundheitszustand, in dem er sich befand, dem Kaiser von Nutzen sein konnte. Dennoch hatte er das seiner Frau gegenüber behauptet.

Um was konnte es sich dabei handeln?

Hatte es in irgendeiner Form mit dem König zu tun?

Der Gedanke kam ihm, Seine Majestät unbedingt von dem Gehörten in Kenntnis zu setzen. Doch dann sagte er sich, daß es peinlich für ihn sein würde, vor dem König zugeben zu müssen, daß er gelauscht habe.

Er war sicher: der König mit seinem ungewöhnlichen Gespür für alles, was mit schönen Frauen zu tun hatte, würde sehr schnell dahinterkommen, daß das Interesse seines Vertrauten nicht dem Prinzen, sondern dessen Ehefrau galt.

»Es ist eigentlich kein direktes Interesse«, murmelte Lord Arkley vor sich hin, »sondern vielmehr eine Art von starkem Mitgefühl für jemanden, der noch so jung und natürlich auch so attraktiv ist und der sein Leben mit einem solchen Scheusal teilen muß – gleichgültig, welche Entschuldigung der Mann für sein Verhalten haben mag.«

Lord Arkley versuchte auch sich einzureden, daß ein ganz entscheidender Grund für seine Besorgnis darin lag, daß die Prinzessin ja zur Hälfte Engländerin war.

In der vergangenen Nacht hatte er ungewohnt lange wach gelegen und sich dabei ertappt, daß er über sie nachdachte. Und dabei hatte er sich erinnert, daß ihre Mutter die Tochter des Herzogs von Dorset gewesen war.

Das erklärte auch ihre hervorragende Beherrschung der englischen Sprache. Denn als der Prinz sie am vergangenen Abend ausgepeitscht hatte, hatte sie englisch gesprochen, als sie ihn anflehte, doch damit aufzuhören.

Deutsch war für sie eine fremde Sprache, und Lord Arkley hoffte, daß sie einige der Worte, zu denen sich der Prinz in seinem betrunkenen Zustand hinreißen ließ, gar nicht verstanden hatte.

Es wühlte Lord Arkley innerlich auf, als er daran dachte, auf welch gemeine und beleidigende Art und Weise sie beschimpft worden war. Er nahm also Hut und Spazierstock und verließ seine Suite. Durch den Park des Weimars wanderte er zum Kurhaus.

Er haßte es, während des Tages zu spielen, und besuchte zu dieser Zeit nie ein Kasino. Aber im Augenblick brauchte er Ablenkung, und in den Spielsälen würde er einige Bekannte finden.

Dank der eleganten Gäste, die König Edward nach Marienbad zog, galt das Kasino der Stadt bereits als eine ernst zu nehmende Konkurrenz für Homburg und sogar Monte Carlo.

Der erste Bekannte, den er traf, war Sir Henry Campbell-Bannerman, der Führer der Liberalen. Da die Heilquellen auf den angegriffenen Gesundheitszustand seiner Frau einen wohltuenden Einfluß zu haben schienen, war er seit einigen Jahren regelmäßiger Gast in Marienbad.

»Nett, Sie zu sehen, Arkley«, sagte Campbell-Bannerman. »Nehme an, Sie sind hier, um an der großen Schau teilzunehmen, die Seine Majestät hier veranstaltet und die mir, wie ich gestehen muß, von Tag zu Tag strapaziöser vorkommt.«

Lord Arkley lachte.

Er wußte, daß Sir Henry kein Freund des Königs gewesen war, bevor er ihn näher kennengelernt hatte. Umgekehrt war Seine Majestät der Meinung gewesen, daß es wohl nicht viel Verbindendes zwischen ihm und einem Liberalen geben könnte, der im Parlament wiederholt Arthur Balfour attackiert hatte.

Gegenüber älteren Politikern war er skeptisch, hielt sie für humorlos und unbeweglich.

Aus diesem Grund hatte der König anfangs kaum Notiz von Sir Henry genommen. Doch eines Tages war er gezwungen gewesen, ihn zum Lunch einzuladen, und dabei hatte er überrascht festgestellt, daß der Mann ihm äußerst sympathisch war. Sir Henry entpuppte sich als witziger und scharfsinniger Unterhalter, verfügte über einen schier unerschöpflichen Vorrat an Anekdoten und Geschichten und erwies sich als ausgezeichneter Weinkenner und Gourmet.

Von da an wollte der König während seines Aufenthalts in Marienbad auf die Gesellschaft Campbell-Bannermans nicht mehr verzichten.

Lächelnd fragte Lord Arkley nun:

»Was ist los, daß Sie einen so erschöpften Eindruck machen?«

»Mir reicht es«, erwiderte Sir Henry. »Die vielen Festlichkeiten und Veranstaltungen, zu denen der König mich in den letzten Tagen geschleppt hat, waren einfach zuviel für mich. Majestät ist ja unersättlich und obendrein nicht kleinzukriegen. Ich kann Ihnen versichern, für mich ist das längst kein Urlaub mehr.«

Wieder lachte Lord Arkley, und Sir Henry setzte mit einem Lächeln hinzu:

»Ich muß Ihnen etwas zeigen, das den König amüsieren wird.«

»So, was denn?«

Sir Henry hielt ihm eine Illustrierte hin und deutete auf ein Bild, das ihn mit König Edward im Kurpark zeigte.

Seine Majestät schlug gerade die geballte Rechte in die linke Handfläche, und Sir Henry schien diese emphatisch ausgeführte Geste mit großer Aufmerksamkeit zu beobachten.

Sekundenlang betrachtete Lord Arkley die Abbildung, dann wanderte sein Blick zu der Bildunterschrift.

Friede oder – Krieg?

Er reichte dem anderen die Illustrierte zurück und sagte:

»Auf diese Frage hätte ich auch gerne eine Antwort.«

»Natürlich«, erwiderte Sir Henry, »aber was der König von mir wissen wollte, war etwas ganz anderes. Er fragte mich, ob Heilbutt besser gebraten oder gekocht schmecke.« Lord Arkley warf den Kopf zurück und lachte schallend.

Dann kam ihm der Gedanke, daß Sir Henry genau der richtige Mann war, mit dem er über die Frage sprechen konnte, die ihn im Augenblick so brennend beschäftigte: Weshalb nämlich die deutsche Heeresleitung Prinz Friedrich von Wildenstein einen Besuch abstattete.

Schon öffnete er den Mund, um seine Beobachtungen an diesem Morgen zu erwähnen, als ihm Bedenken kamen. Irgend etwas hielt ihn zurück. Er sagte sich, diese Angelegenheit sei ausschließlich sein Problem und nicht das eines anderen. Oder schwieg er, weil er die Prinzessin beschützen wollte?

Er war sich nicht sicher. Er wußte nur, daß er plötzlich nicht mehr den Wunsch hatte, mit jemandem über den Prinzen und die Prinzessin von Wildenstein zu reden. Nicht mit Sir Henry Campbell-Bannerman noch mit sonst jemandem.

Er verließ das Kasino wieder. Fast so rasch, wie er es betreten hatte. In Gedanken versunken, kehrte er zum

Weimar zurück. Noch war er unentschlossen, welche der vielen Einladungen zur Dinnerparty er an diesem Abend annehmen sollte.

Als er den Salon seiner Suite wieder betrat, die er vor kurzer Zeit erst verlassen hatte, sah er auf dem Tisch in der Mitte des Zimmers einen Brief liegen, der vorhin noch nicht dagewesen war.

Er nahm ihn in die Hand und fragte sich, welche der Gastgeberinnen ihrer Einladung noch etwas hinzuzufügen hatte oder ob es sich um ein persönlicheres Billetdoux von einer der beiden Ladys handelte, die ihm während des Luncheons ihre besondere Aufmerksamkeit geschenkt hatten.

Er warf einen Blick auf den Umschlag, auf dem sein Name stand, und stellte fest, daß er die Handschrift zuvor noch nie gesehen hatte. Er hätte sie gewiß nicht vergessen, denn es handelte sich um eine unverkennbare Schrift, deren Schwung und Eleganz ihn erfreuten.

Als er den Umschlag öffnete und auf die Unterschrift blickte, war er wie elektrisiert. Und während er zu lesen begann, fühlte er ein warnendes Ziehen zwischen den Schulterblättern.

Lieber Lord Arkley,
der Prinz und ich würden uns freuen, wenn Sie heute abend mit uns in unserem Salon dinieren würden. Mein Gemahl bat mich, Ihnen zu sagen, daß es für ihn ein großes Vergnügen war, Sie an diesem Morgen wiederzusehen, und daß er gerne ein wenig über die alten Zeiten mit Ihnen plaudern würde. Er erinnert sich noch gut an die Tage, die Sie in Wildenstein verbrachten.

Er hofft, und ich hoffe es ebenfalls, daß wir Sie heute abend um ein Viertel vor acht bei uns begrüßen dürfen.

Herzlich
Ihre
Mariska von Wildenstein

Lord Arkley starrte auf den Brief, als könnte er nicht glauben, was er gelesen hatte.

Gleichzeitig arbeitete sein scharfer Verstand auf Hochtouren.

Hinter all dem steckte etwas.

Es mußte einen Grund für die plötzliche Freundlichkeit des Prinzen geben, und er hatte das sichere Gefühl, daß dieser Sinneswandel irgendwie mit dem Besuch der beiden hochrangigen Offiziere an diesem Morgen zu tun hatte.

Jeder Gedanke an Urlaub war schlagartig aus seinem Bewußtsein geschwunden. Er hatte keinen Zweifel, daß er bereits wieder in der Zwangsjacke steckte, die er bei seinem Eintreffen in Marienbad abgestreift zu haben glaubte.

Als er sich dann am Abend zum Dinner umkleidete, mußte er allerdings erkennen, daß ihn eine Erregung und Spannung erfaßt hatte, die sich nicht sonderlich von der seelischen Verfassung unterschied, in der er sich vor der Durchführung des ersten Auftrags befand, den der König ihm erteilt hatte.

Sein Vater hatte ihm eine Laufbahn im diplomatischen Dienst zugedacht, und er hatte auch tatsächlich bald nach Beendigung seines Studiums in Oxford seine Arbeit im Außenministerium begonnen.

Die Wahl schien unvermeidbar, nachdem er in allen modernen Fremdsprachen die Note eins mit nach Hause brachte und als einer der brillantesten Studenten galt, die Oxford jemals besucht hatten.

Zwei Jahre später starb sein Vater, und der junge Mann fand die Politik bei weitem interessanter als die Diplomatie. Als dann das Foreign Office mit der Bitte an ihn herantrat, im Auftrag der Regierung mehrere ausländische Staaten zu besuchen, erklärte er sich begeistert einverstanden.

Seine Brauchbarkeit, das wußte Lord Arkley, beruhte zu dieser Zeit auf seiner erstaunlichen Begabung für Fremdsprachen.

Daß darunter auch die Beherrschung des Russischen gehörte, war nicht allgemein bekannt, was zur Folge hatte, daß er aus St. Petersburg mit Informationen zurückkehrte, die geradezu sensationell waren.

Daß er ein hervorragender Gesellschafter war, sich bestens mit seinem eigenen Geschlecht verstand und großen Anklang bei den Ladys fand, daß er ein Sportsmann war und ein brillanter Erzähler, wenn der Port am Tisch die Runde machte, entging vor allem der Aufmerksamkeit des Königs nicht.

Lord Arkley war bald ständiger Gast auf den königlichen Partys, und wenig später betraute ihn der König mit Sonderaufträgen, die er zu dessen vollster Zufriedenheit ausführte.

Diese Tätigkeit blieb jedoch zu seinem Bedauern nicht ohne Wirkung auf ihn selbst. Schon bald machte Lord Arkley die Feststellung, daß er den Menschen gegenüber immer mißtrauischer wurde.

Entsprechend der äußerst gespannten Situation in Europa lag es für ihn klar auf der Hand, daß alle führenden Länder ihre Spione und Agenten an Orten wie diesen hatten und daß einige davon mit Sicherheit attraktive und verführerische Damen waren.

Lord Arkley hatte gelernt, immer und überall auf der Hut zu sein.

Obwohl er sich nun sagte, daß es im vorliegenden Fall keinen Grund zum Argwohn gab, ließ sein Instinkt es nicht zu, seine zur zweiten Natur gewordene Wachsamkeit aufzugeben. Was wie eine normale Einladung aussah, konnte auch mehr sein.

»Wird es spät werden, M'lord?« fragte Hawkins.

Lord Arkley hatte keine Ahnung. Er war fertig zum Gehen und warf einen flüchtigen Blick in den Spiegel. Es war ihm nicht bewußt, wie gut er aussah.

Im Gegensatz zu seinen Zeitgenossen trug er keine wertvollen Hemdknöpfe, sondern nur drei winzige Perlen, zwei weiße und eine rosafarbene. Sie waren das Geschenk der Frau, die ihn in die Kunst der Liebe eingeführt hatte.

Er dachte immer wieder an sie, wenn er die Perlen auf seiner Hemdbrust befestigte.

Sie war nicht nur sehr schön gewesen, sondern auch so sanft und liebenswürdig, daß er sie nicht nur damals angebetet hatte. Bis zu diesem Tag bewahrte er ihr ein liebevolles Andenken.

Es war sogar so, daß jede Frau, die ihr gefolgt war – und es waren nicht wenige gewesen –, im Vergleich mit ihr den kürzeren gezogen hatte.

Er warf sich Sentimentalität vor.

Doch er wußte, er war nicht der einzige, der, was die Liebe betraf, höchste Ansprüche stellte. Selten hatte ein Mann einmal das Glück, in seinem späteren Leben einer Frau zu begegnen, die fähig war, ihm die Wonnen des ersten Liebeserlebnisses wiederzuschenken.

Doch diese Erfahrung, dachte Lord Arkley mit spöttisch verzogenen Mundwinkeln, hinderte ihn nicht daran, es immer wieder aufs neue zu versuchen. Und er wußte, wenn ihm nach Beendigung des Dinners nach einem ganz bestimmten Amüsement zumute war, in Marienbad würde er es sich ohne Schwierigkeiten verschaffen können.

Punkt Viertel vor acht verließ er seine Suite und ging die wenigen Schritte über den Korridor zu der Suite nebenan.

Die Tür wurde ihm von Joseph, dem Diener, geöffnet, der ihn zur Tür des Salons führte und ihn dort mit lauter, feierlicher Stimme ankündigte.

Prinzessin Mariska stand auf der anderen Seite des Salons, der größer war als der seiner Suite, wie Lord Arkley feststellte.

Wieder trug sie ein weißes Kleid, und als sein Name erscholl, bewegte sie sich auf ihn zu.

Einen feinen Goldreif in ihrem dunklen Haar, wirkte sie wie eine Göttin, die den Olymp verlassen hatte und in die Niederungen der Menschen hinabgestiegen war, völlig unberührt vom Leid und der Trübsal des irdischen Lebens.

Als er ihre Hand ergriff und sie höflich an seine Lippen hob, sagte er sich, daß es einfach nicht wahr sein könne, was er in der vergangenen Nacht gesehen und gehört hatte. Oder hatte er sie wirklich gequält aufschreien hören? War sie tatsächlich von ihrem eigenen Ehemann ausgepeitscht worden, bis sie bewußtlos zusammengebrochen war?

Er bemerkte, daß sie einen weichen Chiffonschal trug, der den Rückenausschnitt ihres Kleides bedeckte und durch zwei kleine Brillantbroschen auf den Schultern gehalten wurde.

»Ich bin sehr froh, daß es Ihnen möglich ist, mit uns zu Abend zu essen, Lord Arkley«, sagte die Prinzessin auf englisch.

»Es war zu liebenswürdig von Eurer Hoheit, mich einzuladen«, erwiderte er.

»Es wird eine wohltuende Abwechslung für meinen Gatten sein«, antwortete sie.

Lord Arkley wandte sich dem Prinzen zu, der, eine Wolldecke über den Knien, in seinem Rollstuhl saß und sich mit einem älteren Herrn unterhielt, den man Lord Arkley als Baron Karlov vorstellte.

Lord Arkley wußte, daß der Mann Böhme war und in Marienbad ein Haus besaß. Er hatte ihn bereits auf einigen Empfängen im Vorjahr gesehen, obwohl sie einander nicht vorgestellt worden waren.

»Wie geht es Ihnen, Arkley?« fragte Prinz Friedrich auffallend freundlich und aufgeräumt.

Baron Karlov unterhielt sich mit der Prinzessin, während Lord Arkley, wie es von ihm erwartet wurde, begann, mit dem Prinzen die wenigen gemeinsamen Erinnerungen aufzufrischen.

Nur gelegentlich glaubte er, hinter dem geröteten, schwammigen Gesicht den gutaussehenden, doch anmaßenden und arroganten jungen Mann von damals zu erkennen, der ihm höchst unsympathisch gewesen war.

Aber das Mitleid mit dem schwerverletzten, an den Rollstuhl gefesselten Prinzen hinderte ihn daran, ihm seine Abneigung offen zu zeigen. Im Gegenteil, er tat alles, um ihn aufzuheitern und die Unterhaltung für ihn so angenehm wie möglich zu machen.

Das Dinner wurde aufgetragen, und sie nahmen an dem von Kerzen erleuchteten Tisch Platz. Bis auf eine Ausnahme verlief das Essen ohne störende Zwischenfälle. Als einer der Diener das leere Glas des Prinzen einmal nicht schnell genug nachfüllte, bedachte dieser ihn mit einem Schwall unbeherrschter Flüche.

Andererseits fand Lord Arkley an der Dinnerparty keine allzugroße Freude. Die Gespräche schleppten sich dahin. Langeweile gab den Ton an. Wäre die Prinzessin nicht gewesen, er hätte gewünscht, daß die Quälerei möglichst rasch ein Ende gefunden hätte.

So aber prägte er sich jede Einzelheit der Geschehnisse bei Tisch ein, um sie nachher in Ruhe und mit aller Sorgfalt überdenken zu können.

Er bemerkte die ängstlichen, verschüchterten Blicke, die die Prinzessin ihrem Gemahl zuwarf, die Art und Weise, wie sich ihre Haltung versteifte, wenn er sich ihr plötzlich zuwandte. Einige Male schien ihr regelrecht der Atem zu stocken, als er sie anredete.

Doch die Würde, die sie ausstrahlte, war so natürlich

und selbstverständlich wie ihr Stolz, und Lord Arkley war sich darüber klar, daß sie eher sterben würde, als einem Fremden gegenüber ihre wahren Gefühle zu verraten.

Der Stolz des ungarischen Adels war bekannt und der der Esterházys vor allem.

Obwohl er erst einmal in Ungarn gewesen war, hatte er feststellen können, daß Prinz Miklós Esterházy und seine Familie Menschen von auffallender Intelligenz und großer künstlerischer Begabung waren.

In ihren Schlössern war er Malern, Musikern, Wissenschaftlern und Weltreisenden begegnet.

Das luxuriöse Leben der ungarischen Adligen hatte ihn überrascht. Die Ladys bezogen ihre Garderobe aus Paris, die Gentlemen ihre Anzüge aus der Savile Row.

Was ihn jedoch am meisten an den Ungarn fasziniert hatte, waren ihre Pferde gewesen und die unnachahmliche Art, sie zu reiten und damit umzugehen.

Als er dies der Prinzessin gegenüber erwähnte, leuchteten ihre Augen, und sekundenlang waren Traurigkeit und Furcht daraus gewichen.

»Mein Vater war ein hervorragender Pferdekenner und Reiter«, sagte sie, »und obwohl wir zu Hause nur wenige Tiere besaßen, war jedes von ihnen ein Prachtexemplar.«

»Reiten Sie hier auch?« fragte Lord Arkley.

Sie schüttelte den Kopf, und er erkannte die Sehnsucht in ihren Augen, als sie sagte:

»Manchmal reite ich zu Hause, aber der Prinz sieht es nicht gerne, wenn ich etwas tue, das ihm selbst nicht mehr möglich ist.«

Typisch für die Selbstsucht und Brutalität des Mannes, dachte Lord Arkley. Laut jedoch äußerte er:

»Das muß hart für Sie ein. Ich wünschte, ich könnte Sie einladen, mit mir einen Ritt durch die Wälder zu machen. Es gibt hier wunderschöne Reitwege mitten durch herrliche Tannenwälder. Einer der schönsten ist der hinauf zum Kloster Teppel.«

»Oh, das habe ich mir schon immer einmal gewünscht«, erwiderte die Prinzessin. »Wie ich hörte, hat der Abt im vergangenen Jahr eine große Jagdgesellschaft für König Edward veranstaltet, was mir für einen Mönch eigentlich recht seltsam vorkommt.«

»Nun, der Abt wollte dem König unbedingt eine Freude machen. Der König ist ein großer Freund und Gönner des Klosters. Jedesmal, wenn er in Marienbad weilt, stattet er dem Kloster einen Besuch ab und nimmt dort den Tee ein. Die Mönche mögen ihn sehr.«

»Das kann ich verstehen«, erwiderte die Prinzessin. »Er ist ein so liebenswürdiger Monarch und ganz anders . . .«

Sie verstummte jäh, und Lord Arkley wußte, daß sie beinahe eine Indiskretion begangen hätte.

Das Dinner war beendet, und sie blickte unruhig über den Tisch zum Prinzen hinüber.

»Du kannst gehen, Mariska«, sagte er im Ton eines Mannes, der mit einem Dienstboten redet.

Augenblicklich erhob sie sich, und sobald sie den Raum verlassen hatte, ließ er Port und Brandy kommen.

Nachdem die Diener sich zurückgezogen hatten, sagte er: »So, nun können wir es uns gemütlich machen!« Er wandte sich an Lord Arkley. »Sagen Sie, Arkley, was halten Sie von der politischen Situation in Deutschland?«

Lord Arkleys Antworten waren vorsichtig. Schon bald gab es keinen Zweifel mehr für ihn, daß der Prinz es darauf anlegte, ihn betrunken zu machen.

Friedrich und der Baron stellten ihm sehr gezielte Fragen. Hätte er sie wahrheitsgemäß beantwortet, wären einige Leute in Berlin gewiß sehr froh darüber gewesen.

Aber ein Fuchs wie Lord Arkley ließ sich nichts vormachen. Weder die überquellende Freundlichkeit seines

Gastgebers noch der exzellente Port, noch der hervorragende Brandy konnten bewirken, daß er auch nur ein einziges Wort zuviel sagte.

Statt dessen beobachtete er, wie der Prinz, ermutigt durch den Baron, immer betrunkener wurde.

Schließlich fand er den Fortgang des Abends derart fade und entwürdigend, daß er sich auf seinem Stuhl zurücklehnte und sich keine Mühe mehr gab, an der Unterhaltung teilzunehmen.

»Trinken Sie, Arkley, trinken Sie«, brabbelte der Prinz unablässig mit schwerer Zunge.

Und als Lord Arkley keine Anstalten machte, seiner Aufforderung zu folgen, und auch keine seiner Fragen mehr beantwortete, sagte er übelgelaunt:

»Ich glaube, ich sollte mich zurückziehen. Der verfluchte Arzt, der mich herumkommandiert wie einen Rekruten, hört nicht damit auf, mir einzureden, ich könnte gar nicht genug Schlaf bekommen.«

Seine Gäste verstanden den Wink und erhoben sich.

»Ich kann Eurer Königlichen Hoheit nur danken für diesen außergewöhnlich amüsanten Abend«, sagte Lord Arkley.

»Wir haben längst noch nicht alle Dinge berührt, die von Interesse für uns sind«, erwiderte der Prinz etwas unartikuliert. »Wir müssen uns wiedersehen, Arkley – und zwar bald, sehr bald.«

Es klang eher wie ein Befehl als wie eine Einladung. Lord Arkley neigte den Kopf.

»Es wird mir ein Vergnügen sein. Würden Sie die Liebenswürdigkeit haben, der Prinzessin meinen Dank zu übermitteln?«

Prinz Friedrich ließ sich nicht herab, auf diese Bitte zu antworten. Er streckte nur die Hand nach der Karaffe aus, um sich noch einmal nachzugießen.

Als Lord Arkley die Tür des Salons erreicht hatte,

stellte er sich unwillkürlich die Frage, ob die Prinzessin auch an diesem Abend wieder leiden mußte, denn wenn Prinz Friedrich gehofft hatte, bestimmte Informationen aus seinem englischen Gast herauszulocken, war der Abend für ihn ein totaler Fehlschlag gewesen.

Er war sich nicht im klaren, wie weit der Baron in die Sache verwickelt war, bis dieser draußen im Korridor zu ihm sagte:

»Armer Friedrich. Mein Herz blutet, wenn ich an ihn denke. Obwohl er nicht mehr teilhaben kann an den Dingen, die in der Welt geschehen, möchte er wenigstens über sie informiert sein. Ein kümmerlicher Ersatz, nicht wahr?«

»Aber ganz offensichtlich ist er bestens informiert«, bemerkte Lord Arkley nur.

»Glauben Sie?« fragte der Baron. »Ich hatte den Eindruck, das, was er sagte, war ziemlich naiv. Lediglich eine Wiederholung der Nachrichten, die in den Zeitungen stehen.«

Lord Arkley antwortete nicht, und nach einem kurzen Schweigen fuhr der Baron fort:

»Ich werde ins Kasino gehen. Ich nehme an, Sie haben das gleiche vor. Gehen wir zusammen?«

»Gute Idee«, stimmte Lord Arkley zu. »Wenn Sie mir die Zeit lassen, Hut und Mantel aus meiner Suite nebenan zu holen, kann's von mir aus losgehen.«

»Oh, dann haben Sie ja nicht weit.«

»Nein, nur ein paar Schritte.«

Er öffnete die Tür seines Salons, und der Baron trat ein.

»Wie ich schon sagte«, fuhr der Baron fort, »Prinz Friedrich ist bemüht, sich auf dem laufenden zu halten, was die politischen Ereignisse betrifft. Meiner Überzeugung nach werden die Deutschen die marokkanische Konferenz zu sprengen versuchen. Was glauben Sie?«

Es waren nicht so sehr die Worte, sondern die Art, wie

er sprach und wie er ihn dabei anblickte, die Lord Arkley die Gewißheit gaben, daß der Baron nicht zufällig mit ihm zusammen zu der Dinnerparty an diesem Abend eingeladen worden war.

Er parierte die Frage.

»Ich sah heute nachmittag General von Eckartstein hier im Hotel«, sagte er. »Während seiner Zeit in England machte er auf mich den Eindruck eines sehr fähigen Mannes.«

»Oh, den Eindruck macht er auf mich auch«, erwiderte der Baron. »Aber ich nehme an, er ist ziemlich bestürzt über die engen Beziehungen zwischen England und Frankreich. Über das, was Marokko betrifft, ebenso. Und natürlich über die offensichtliche Vorliebe Ihres Königs für Frankreich.«

Das war ein offenes Wort und die Drohung darin unüberhörbar. Aber Lord Arkley hatte erfahren, was er erfahren wollte: Der General stand mit dem Baron in Verbindung.

»Ich finde die meisten politischen Angelegenheiten höchst langweilig, besonders im Urlaub«, erwiderte er ausweichend. »Raten Sie mir lieber, wo ich in Marienbad die Orte finde, an denen ich mich amüsieren kann – wirklich amüsieren, meine ich.«

Er gab seiner Stimme einen verschwörerischen und zugleich unbekümmerten Klang, um den Baron zu täuschen.

Und dann hörte er sich, scheinbar aufmerksam, die Auslassungen des Barons über einige halbseidene Damen an und über die Orte, wo man sie antreffen konnte.

Als sie das Kasino erreichten, war Lord Arkley fest entschlossen, nicht nur alle Häuser zu meiden, die der Baron ihm empfohlen hatte, sondern auch den Baron selbst.

Er begrüßte einige Freunde, unterhielt sich aber nur kurze Zeit mit ihnen und machte kein einziges Spiel.

Ihm fehlte die Lust dazu, und außerdem brauchte er Schlaf und wollte an diesem Abend früh zu Bett gehen.

Trotz des Protestes seiner Freunde verließ er das Kasino schon bald wieder und trat hinaus in die sternenklare Nacht, um sich auf den Heimweg ins Hotel zu begeben.

Der Duft der Tannen erfüllte die Luft und gab Lord Arkley ein Gefühl der Entrückung. Er war einer Welt des Lärms und der lauten Musik entronnen, und nun umgab ihn eine andere Welt: die Welt der Stille und des Eigentlichen.

Als er den Garten des Hotels erreichte, dem die unter zahlreichen Büschen verborgenen Lampen ein mystisches, geheimnisvolles Aussehen gaben, entdeckte er auf einer der Bänke, halb verdeckt von den tiefhängenden Ästen einer Weide, eine zierliche Frauengestalt.

Später sagte er sich, es mußte aus einer Art Instinkt geschehen sein, daß er zu ihr hinübergeblickt hatte.

Neunundneunzig von hundert Menschen wären achtlos an ihr vorübergegangen. Doch Lord Arkley spürte gleichsam ihre Anwesenheit. Er ging auf sie zu und bückte sich, um unter den wie ein Vorhang niederfallenden Zweigen hinwegzutauchen.

Sie erschrak und schaute zu ihm auf, und er wußte, daß sie mit ihren Gedanken sehr weit weg gewesen war.

Sein plötzliches Erscheinen hatte sie mit einer schmerzhaften Plötzlichkeit in die Realität zurückgerufen, wie ihm schien.

»Ich bin sehr glücklich über die Gelegenheit, Eurer Königlichen Hoheit persönlich für das heutige Dinner danken zu können.«

Die Prinzessin holte hörbar Atem, und er spürte, daß sie im ersten Moment nicht imstande war, ihm zu antworten. Schließlich sagte sie mit leiser Stimme:

»Danke, Lord Arkley. Es war . . . es war mir leider nicht möglich, mich von Ihnen zu verabschieden.«

»Aber das macht doch nichts.«

Er wartete sekundenlang. Als sie nicht weitersprach, fragte er:

»Darf ich mich für einen Augenblick zu Ihnen setzen?«

»Ich . . . ich wollte eben gehen«, sagte die Prinzessin. »Ich sollte mich eigentlich nicht alleine hier aufhalten. Aber es war so heiß – und . . .«

Es war nicht nötig, daß sie ihm erklärte, sie habe den Wunsch gehabt, wenigstens für kurze Zeit ihrer gewohnten Umgebung zu entfliehen.

»Bitte, geben Sie mir nicht das Gefühl, Sie vertrieben zu haben«, bat Lord Arkley, während er sich neben ihr auf der Bank niederließ. »Aber wenn es Ihnen lieber ist, daß ich wieder gehe, werde ich mich umgehend empfehlen.«

»N-nein. Ich sollte nur nicht hier sein. Und . . .«

»Niemand wird etwas davon erfahren«, beruhigte Lord Arkley sie. »Lassen Sie uns einfach alles vergessen, ausgenommen den Frieden und die Schönheit dieser Nacht. Als ich vorhin durch das kleine Waldstück ging, nachdem ich das Kasino verlassen hatte, war mir zumute, als würde ich eine völlig andere Welt betreten.«

»Genau das ist es, was ich die ganze Zeit über versuche«, erwiderte die Prinzessin. »Aber manchmal frage ich mich, ob es diese andere Welt überhaupt gibt?«

»Aber natürlich gibt es sie. Eine Welt, die wir uns in unseren Wünschen und Träumen schaffen und die genauso real ist wie diese hier, oft sogar noch schöner und tröstlicher.«

Er war überrascht, sich so sprechen zu hören, aber er wußte mit untrüglicher Gewißheit, daß es das war, was sie hören wollte.

»Stimmt das wirklich?« fragte sie fast wie ein Kind, das beruhigt und getröstet werden will.

»Aber natürlich. Und der Trost, den wir brauchen, wartet stets darauf, daß wir ihn finden. Manchmal gelingt es uns nur deshalb nicht, unser Herz auf das Eigentliche zu konzentrieren, weil wir zu beschäftigt, zu abgelenkt oder auch zu unglücklich sind.«

»Aber jemand, der unglücklich ist, müßte doch sehr hellhörig für ein Wort des Trostes oder einen Rat sein, nicht wahr?«

Er schüttelte den Kopf.

»Ich glaube nicht. Menschen, die unglücklich sind, ziehen sich gerne in ein Schneckenhaus zurück. Sie verkriechen sich im Dunkeln, umgeben sich mit einem Panzer. Um hellhörig sein zu können, muß unser Herz frei sein.«

»Ich verstehe, was Sie mir sagen wollen«, erwiderte die Prinzessin. »Es wird mir eine Hilfe sein. Eine große Hilfe sogar.«

»Nun, ich würde sagen, man könnte das, was ich meine, in die Worte zusammenfassen, daß man niemals aufgeben darf.«

Sie wandte ihm das Gesicht zu und schaute ihn an. Ihre Augen wirkten wie große dunkle Seen, als sie antwortete:

»Ich hätte nie gedacht, daß jemand wie – wie Sie das verstehen könnte.«

Als er lächelte, fügte sie rasch hinzu:

»Nein, das war sehr ungeschickt ausgedrückt. Dennoch bin ich sicher, Sie wissen, was ich meinte. Sie gehören zu jener Welt, die mich ängstigt, zu jener Welt, in der man nur Härte und Grausamkeit und Mitleidlosigkeit kennt.«

Er wußte, sie dachte bei diesen Worten nicht an ihren eigenen Kummer, sondern an die Art und Weise, wie man Prinz Friedrich nach seinem Unfall fallengelassen und beiseite geschoben hatte.

»Bei meinem letzten Besuch in Indien im vergangenen Jahr weilte ich auch eine Zeitlang in den Vorbergen des Himalaja. Beim Anblick der hohen, schneebedeckten Gipfel kam mir der Gedanke, daß Schönheit, wirkliche

Schönheit, die das Herz des Menschen anspricht, wie die Berge es tun, immer auch mit einer gewissen Grausamkeit gepaart ist.«

»Sie wollen damit sagen, daß ein jeder von uns in der einen oder anderen Weise einen Preis zahlen muß für das Glück, das ihm widerfährt?«

»Ja.« Lord Arkley nickte nachdenklich. »Oder daß wir nur glücklich sein können, wenn wir auch das Leiden kennen und erfahren, was Schmerz und Qual sind.«

»Ich wünschte, Sie hätten recht«, entgegnete die Prinzessin. »Ich verspreche Ihnen, daß ich über Ihre Worte nachdenken und versuchen werde, sie zu verstehen.«

»Auch ich habe das getan«, sagte er, »und von einer Sache bin ich überzeugt: Wenn das Leiden uns an einen Scheideweg führt, haben wir die Möglichkeit, zwischen Himmel und Hölle zu wählen.«

Er lächelte.

»Das ist natürlich alles sehr vereinfachend gesagt. In Wirklichkeit sind die Dinge sehr viel komplizierter. Aber eins dürfte wohl richtig sein: Wir selbst sind es, die durch ihre Entscheidungen immer wieder über Wohl und Wehe des eigenen Lebens bestimmen.«

Schweigen – schließlich erhob sich die Prinzessin.

»Sie haben mir geholfen«, sagte sie. »Sie haben mir sogar sehr geholfen. Ich würde gerne danke sagen, aber es ist ein so unangemessenes Wort für das, was ich empfinde.«

»Worte können nie der angemessene Ausdruck für das sein, was aus dem Herzen kommt«, erwiderte Lord Arkley. »Aber ich glaube, Prinzessin, heute abend habe ich aus meinem Herzen zu Ihnen gesprochen. Ich hoffe, die Botschaft hat auch Ihr Herz erreicht.«

»Das hat sie! Aber nun muß ich gehen.«

Sie blickte auf ihn nieder, und er erkannte in ihren Augen die Bitte, sie nicht zu begleiten. Sie fürchtete sich davor, daß jemand sie zusammen sehen könnte.

Eigenartig, wie deutlich er ihre Gedanken zu lesen vermochte. Oder lag es daran, daß – wie er es gerade ausgedrückt hatte – ihr Herz zu seinem sprach?

Um ihr die Angst zu nehmen, sagte er:

»Werden Sie mir vergeben, wenn ich bleibe, um noch ein wenig nachzudenken?«

»Aber ja. Auch ich werde über alles nachdenken, was wir besprochen haben.«

Sie reichte ihm die Hand, und er hob sie an die Lippen. Doch diesmal war es ein langer Kuß, den er auf ihren Handrücken preßte. Ein seltsames Gefühl durchrieselte ihn, als er die Wärme und samtene Zartheit ihrer Haut spürte.

Sie regte sich nicht während seines Kusses.

Dann wandte sie sich wortlos ab und eilte über den Rasen zum Hotel zurück. Es geschah so leicht und voller Anmut, daß er glaubte, eine Wolke trüge sie davon – oder der leise Klang eines Liedes.

Plötzlich war er allein. Zum Abschied hatte er sich erhoben und nahm nun wieder auf der Bank Platz. Er war sich bewußt, daß es tatsächlich vieles gab, über das er nachzudenken hatte.

Kaum zu glauben, daß diese Unterhaltung zwischen der Prinzessin und ihm überhaupt stattgefunden hatte!

Wie kam er dazu, solche Gedanken zu äußern und auf diese Weise mit einem Menschen zu reden?

Normalerweise ließ er sich bei dem, was er sagte, von seinem Verstand, nicht von seinem Gefühl leiten. Sein Gesprächsgegenstand war politischer Natur, denn er hatte mit Menschen wie dem König, dem Baron oder Prinz Friedrich zu tun.

Aber in Gesellschaft der Prinzessin hatte ein anderer Teil seines Selbst die Führung übernommen, und es kam ihm jetzt so vor, als wäre es jener Teil gewesen, von dessen Existenz er bisher nicht das geringste gewußt hätte.

Gleichzeitig stellte er fest, daß er hinter jedem seiner Worte stand. Und mit Genugtuung nahm er zur Kenntnis, daß er ihr damit geholfen hatte.

Kein Zweifel, daß ihr Leben hart und voller Ängste war.

Die Prinzessin war noch sehr jung, er glaubte, daß sie noch keine einundzwanzig zählte. Und schon seit drei Jahren lebte sie mit einem seelisch und körperlich zerbrochenen Mann zusammen, der seine Rettung und sein Heil im Alkohol suchte.

Das Blut der Esterházys in ihren Adern verlieh ihr einen Stolz, der keine Situation duldete, vor der sie kapitulierte, und er war sicher, daß sie niemals einem anderen gegenüber zu erkennen geben würde, wie sehr sie unter den tragischen Umständen ihres Lebens litt.

Seit der vergangenen Nacht wußte er, wie der Prinz sie behandelte, und er war sich darüber im klaren, daß es ihm ohne dieses Erlebnis nie in den Sinn gekommen wäre, sie könnte ein solches Dasein der Erniedrigung führen.

Ihr Mann quälte und entwürdigte sie. Er wurde nicht fertig mit dem Schicksalsschlag, der ihn getroffen hatte. Lord Arkley glaubte, nicht fehlzugehen in der Annahme, daß Prinz Friedrich es seiner jungen Frau einfach nicht verzeihen konnte, daß die Bombe des Anarchisten nur ihn verletzt hatte, während Mariska völlig unversehrt geblieben war.

Er haßte sie dafür, und eine gewisse angeborene Neigung zur Grausamkeit gab ihm den Wunsch ein, sie leiden zu lassen, wie auch er zu leiden hatte. Das Resultat: Er schlug sie Tag für Tag bis zur Bewußtlosigkeit.

»Es ist unerträglich!« stieß Lord Arkley heftig hervor. »Aber Gott allein weiß, was ich dagegen tun und wie ich sie retten könnte.«

III

Prinzessin Mariska öffnete die Schlafzimmertür und sah, wie Josef im gleichen Moment einen Gentleman in den Salon führte.

Sie erhaschte nur einen kurzen Blick auf den Besucher, doch sie wußte sofort, daß es sich um den arroganten Baron von Eckartstein handelte.

Sie wartete, bis er nicht mehr zu sehen war. Dann öffnete sie die Tür und betrat das Vestibül.

Dabei hörte sie Prinz Friedrichs Stimme:

»Guten Morgen, General. Ich bin überrascht, Sie so früh schon zu sehen.«

»Ich verlasse Marienbad heute noch«, erwiderte der General. »Und ich hielt es für nützlich, vor meiner Abreise noch ein paar Worte unter vier Augen mit Eurer Königlichen Hoheit zu wechseln.«

»Nehmen Sie Platz!« sagte Prinz Friedrich. »Was möchten Sie trinken? Champagner?«

»Das wäre nicht schlecht«, erwiderte der General mit seiner kehligen Stimme.

Josef kam aus dem Salon, um das Gewünschte zu holen. In diesem Moment hörte Mariska den General sagen:

»Ich dachte mir, daß Sie vielleicht schon eine Neuigkeit für uns hätten.«

»Gott im Himmel«, rief Prinz Friedrich. »Sie können

unmöglich schon Ergebnisse von mir erwarten! Dazu ist es doch wohl einfach noch zu . . .«

Das Ende des Satzes verstand Mariska nicht, da Josef die Tür hinter sich schloß.

Er bemerkte die Prinzessin und sagte erklärend:

»Ich soll Seiner Königlichen Hoheit Champagner bringen.«

»Und ich werde der Duchesse einen Besuch machen, Josef«, sagte Mariska leise. »Ich werde bald wieder zurück sein.«

»Es ist nicht nötig, sich zu beeilen, Eure Königliche Hoheit«, erwiderte Josef.

Er lächelte sie an, und sie wußte, daß er versuchen würde, sie gegen ihren Mann in Schutz zu nehmen, falls dieser vor ihrer Rückkehr nach ihr verlangen würde. Josef hatte das schon oft getan.

Mariska fragte sich, was sie wohl machen würde, wenn Josef nicht wäre.

Nur er vermochte sie vor der Wut und Grausamkeit ihres Mannes zu schützen. Und außerdem war er der einzige Mensch, in dessen Gegenwart sie kein Theater spielen mußte.

Josef kannte all ihre Geheimnisse: die Trunksucht des Prinzen, die Art, wie er seine Frau behandelte, die Furcht, von der Mariska unablässig erfüllt war und die sie nicht immer verbergen konnte, obwohl sie sich alle Mühe gab.

In dem Bewußtsein, wenigstens für eine kurze Zeit vor ihrem Mann sicher zu sein, hastete sie den Korridor entlang und die Treppe hinunter in den ersten Stock.

Die Duchesse von Vallière war die einzige Freundin, die Mariska in Marienbad besaß, und oft genug hatte sie gedacht, die einzige Freundin auf der Welt überhaupt.

Inzwischen alt und kränklich geworden, war die Duchesse in ihrer Jugend eine große Schönheit gewesen, und Mariska erinnerte sich, daß die mütterliche Freundin oft für längere Zeit bei ihren Verwandten in Ungarn gelebt hatte, als sie selbst noch ein Kind gewesen war.

Schon seit einigen Jahren hatte die Duchesse ihren Wohnsitz nach Marienbad verlegt, da ihr das Pariser Klima nicht bekam.

Sie hatte im Weimar eine geräumige Suite gemietet und diese mit ihren eigenen Möbeln eingerichtet.

Als ein französischer Diener in der kostbaren Von-Vallière-Livrée Mariska die Tür öffnete, ruhten ihre Augen auf den kunstvollen Louis-XIV.-Möbeln und den herrlichen Gemälden von Boucher und Fragonard, die die Wohnung schmückten. Sie hatte das Gefühl, als wäre sie nach Haus gekommen.

Alles in den Schlössern der Esterházys war von auserlesenem Geschmack, und die Schätze, die ihr Geschlecht im Laufe der Jahrhunderte zusammengetragen hatte, waren von unermeßlichem Wert.

Die Duchesse saß am Fenster in der Sonne, als Mariska ihr gemeldet wurde und den Salon betrat. Mit dem Ausdruck des Entzückens in ihrem Gesicht blickte sie auf.

Fast achtzigjährig, war sie immer noch eine schöne Frau, und ihr weißes Haar war makellos frisiert.

Ihr Kleid verriet seine Pariser Herkunft mit jeder Falte, und der Schmuck, den sie trug, war ihr – wie es hieß – von zwei gekrönten Häuptern Europas zu Füßen gelegt worden.

»Mein liebes Kind«, sagte sie auf französisch und streckte Mariska die schlanken blaugeäderten Hände entgegen. »Es ist wundervoll, dich zu sehen.«

»Friedrich hat Besuch«, erwiderte Mariska. »Ich habe die Gelegenheit benutzt, Sie zu besuchen.«

»Du weißt, daß mich nichts glücklicher macht«, sagte die Duchesse. »Wie geht es dir, *ma petite*?«

Ihre alten Augen, die immer noch von einer ungewöhnlichen Schärfe waren und denen kaum einmal etwas entging, blickten besorgt, als sie Mariskas feines Gesicht und die dunklen Schatten unter den großen Augen betrachtete.

Obwohl Mariska ihr gegenüber nie ein einziges Wort davon erwähnte, wie es um ihre Ehe stand, war die Duchesse bestens informiert, und es war ihr klar, daß die dunklen Ringe in dem schönen Gesicht nicht durch Müdigkeit oder Schlaflosigkeit verursacht worden waren, sondern durch die schmerzhafte und entwürdigende Behandlung, die Mariska durch ihren Gatten erfuhr.

Es gab nichts, was in Marienbad oder in anderen Teilen der Welt geschah, von dem die Duchesse keine Ahnung hatte.

Als leidenschaftliche Briefschreiberin erhielt sie täglich ganze Stöße Post von ihren zahlreichen Freunden in Europa.

Irgend jemand hatte einmal lachend behauptet:

»Niemand ist so gut informiert wie die Duchesse von Vallière. Ich bin sicher, daß sogar die Schoßhunde mit ihr in Briefkontakt stehen und ihr genauestens berichten, was in den Boudoirs und Schlafzimmern ihrer Herrinnen vor sich geht.«

»Was macht Friedrich?« fragte die alte Dame nun.

Obwohl Mariska keine Ahnung davon hatte, gab es für die Frage der Duchesse einen ganz bestimmten Grund.

»Seit gestern abend hat sich seine Laune auffallend gebessert«, antwortete Mariska. »Sie werden es kaum glauben, aber wir hatten eine Dinnerparty.«

»Eine Dinnerparty?« Die alte Dame war überrascht, denn diese Nachricht war neu für sie.

Mariska nickte.

»General Baron Eckartstein und Admiral von Senden kamen gestern vorbei, um Friedrich zu besuchen. Nach ihrem Weggang war Friedrich wie umgewandelt. Seit langem habe ich ihn nicht mehr so aufgeräumt gesehen.«

»Und was wollten die beiden?«

»Genau weiß ich es nicht. Aber ich glaube, der Kaiser wünscht, daß Friedrich ihm irgendeinen Gefallen tut.«

Sie schwieg einen Moment, dann fuhr sie fort:

»Er wird mir natürlich nicht verraten, um was es sich handelt, aber ich hoffe, es ist etwas, das er wirklich tun kann, denn er ist seitdem ein anderer Mensch. Seit Monaten hat er keine Gesellschaften mehr gegeben.«

»Und wer waren die Gäste?« wollte die Duchesse wissen. In ihren Augen erschien ein gespannter Ausdruck.

»Friedrich schrieb eine Einladung an Baron Karlov, und mir gab er den Auftrag, Lord Arkley einzuladen!«

Mariskas Stimme nahm einen warmen Klang an, als sie hinzufügte:

»Er war sehr – liebenswürdig. König Edward stellte ihn mir gestern morgen vor, als wir vom Kreuzbrunnen kamen. Offensichtlich muß er früher einmal in Wildenstein gewesen sein.«

»Lord Arkley hat dir also gefallen?«

»Er ist sehr – nett.«

Die Duchesse bemerkte, daß eine feine Röte Mariskas Wangen überzog.

»Eine ziemliche Anzahl von Ladys sind dieser Meinung«, bemerkte sie.

»Das überrascht mich nicht«, erwiderte Mariska. »Er ist sehr attraktiv und intelligent.«

»Man sagt, daß er mehr über die Staatsaffären der meisten europäischen Länder weiß als deren Botschafter«, erklärte die Duchesse beiläufig.

»Er kehrte gerade erst von einem Besuch in mehrere deutsche Staaten zurück.«

»Ja, das habe ich gehört«, entgegnete die Duchesse.

»Und natürlich ist Friedrich daran interessiert. Oder ist es der Baron?«

»Warum sollte der Baron sich dafür interessieren?« fragte Mariska erstaunt.

Die Duchesse war drauf und dran zu antworten, änderte jedoch ihre Meinung.

»Der Baron ist ein Snob und Streber«, sagte sie nur. »Ich bin sicher, er war sehr stolz über die Einladung.«

»Ich war verwundert, daß er so spät überhaupt noch annehmen konnte.«

»Viel verwunderlicher finde ich es, daß Lord Arkley zum Dinner erschien«, meinte die Duchesse. »Er ist ein sehr gefragter Mann, und ich bin überzeugt, daß alle Gastgeberinnen, die sich um den König bemühen, ihn nur allzugern ebenfalls an ihrer Tafel sähen.«

Mariska schwieg, und die Duchesse fuhr fort:

»Er hat zahllose Liebschaften hinter sich. Mir wurde berichtet, daß die letzte mit der Marchionesse von Hastings, die ein halbes Jahr dauerte, gerade erst zu Ende gegangen ist.«

Mariska lächelte. »Wo erfahren Sie nur all diese Dinge? Sie waren doch die ganze Zeit über in Marienbad.«

»Ich habe meine Quellen«, erwiderte die Duchesse. »Die Sache mit Lord Arkley hörte ich von Seiner Majestät persönlich, der so nett war, mich gestern mit seinem Besuch zu beehren.«

»Sie hatten Besuch vom König?« fragte Mariska aufgeregt. »Das freut mich sehr. Er war gestern sehr freundlich zu mir. Ich glaube, er läßt überall, wo er gewesen ist, Freude und Zufriedenheit zurück.«

»Und manchmal ein gebrochenes Herz.« Die Duchesse lächelte. »Aber du hast recht: Er ist ein liebenswürdiger Mann. Kein Wunder, daß alle ihn mögen!«

»Er sprach übrigens sehr herzlich und begeistert von Lord Arkley.«

»Lord Arkley ist sein Günstling und ein sehr brauchbarer obendrein.«

Wieder sah es so aus, als wollte die Duchesse mehr sagen. Statt dessen fragte sie nur:

»Was habt ihr heute vor?«

»Nichts Besonderes«, antwortete Mariska. »Das, was wir immer tun. Wie sehr wünschte ich mir, Friedrich würde einmal eine Fahrt in der Kutsche machen. Aber er sagt, es mache ihm keinen Spaß, sich in einem Pferdewagen durchrütteln zu lassen. Ich sehne mich richtig danach, endlich wieder einmal den Wald zu sehen.«

Bei den letzten Worten hatte sie sich erhoben und war ans Fenster getreten. Gedankenverloren blickte sie auf die Blumenpracht des Gartens und die hohen Tannen dahinter.

Die Augen der Duchesse füllten sich mit Trauer, als sie sah, wie schön Mariska war. Und sie kannte nur wenige junge Frauen in ihrem großen Bekanntenkreis, die ein so hartes Schicksal mit solcher Würde und solcher Haltung zu tragen vermocht hätten, wie es die Prinzessin tat.

Mariska riß sich vom Anblick des Gartens und der Landschaft los und wandte sich um.

»Ich muß zurück«, sagte sie. »Friedrich wird mich brauchen. Aber darf ich wiederkommen, wenn ich die Gelegenheit dazu habe?«

»Du weißt, mein Liebes, daß du mir immer willkommen bist. Ich liebe deine Familie: Prinz Miklós, deinen Vater, deine gute Mutter und Dutzende deiner Verwandten. Alles, was ich für dich tue, gibt mir die Möglichkeit, etwas von der Herzlichkeit zurückzugeben, die mir in der Vergangenheit von ihnen allen zuteil wurde.«

Die Duchesse lächelte, dann fügte sie hinzu: »Und ich liebe dich natürlich auch um deiner selbst willen. Du bist für mich beinahe so etwas wie eine Tochter. Oder sollte ich sagen: wie eine Enkeltochter?«

»Ich wäre sehr gern Ihre Tochter, denn dann hätte ich französisches Blut in meinen Adern«, antwortete Mariska leidenschaftlich. »Ihr Geschmack ist so vollkommen. Immer, wenn ich dieses Zimmer betrete, sage ich mir, daß es genau die Umgebung ist, die ich mir für mein eigenes Leben wünsche.«

»Vielleicht wirst du dies alles eines Tages besitzen«, sagte die Duchesse ruhig. »Übrigens, wenn du Lord Arkley wiedersiehst, bitte ihn, dir von den französischen Möbeln und seinem Haus in Hampshire zu erzählen.«

»Ja, das werde ich – falls ich ihn nochmals sehe«, murmelte Mariska. »Wieso wissen Sie von diesem Haus? Waren Sie einmal dort?«

»Ja«, erwiderte die Duchesse. »Seine Mutter war eine gute Freundin von mir.«

»Erzählen Sie mir von ihr!«

»Sie war eine sehr liebenswerte Frau. Einer dieser Menschen, von denen man weiß, daß sie durch und durch gut sind. Ich bin davon überzeugt, Sheila Arkley hat nie in ihrem Leben ein unfreundliches oder böses Wort über jemanden gesagt.«

Die Duchesse machte eine Pause, dann fügte sie hinzu:

»Dabei konnte sie eine ganze Tischgesellschaft zum Lachen bringen, und sie verwickelte die Gäste in Gespräche und Unterhaltungen, die ein ungewöhnlich hohes intellektuelles Niveau hatten.«

Die Stimme der Duchesse nahm einen scharfen Klang an, als sie fortfuhr:

»Das ist mehr, als man von vielen der sogenannten Schönheiten sagen kann, die König Edward schöne Augen machen und hinter ihm her sind wie der Teufel hinter der armen Seele.«

Mariska lächelte.

Sie wußte: die Duchesse war ein wenig eifersüchtig auf junge Frauen, deren Schönheit sie zu gesellschaftlichen Berühmtheiten machte, die sie jedoch für hirnlose Larven hielt, die einem Mann nichts anderes zu bieten hatten als ein hübsches Gesicht.

»Ich bin überzeugt, niemand – nicht einmal Lady Arkley – ist amüsanter und geistreicher als Sie«, sagte Mariska.

Sie beugte sich nieder und küßte die Ältere auf die Wange.

»Aber ich muß jetzt gehen. Wir sehen uns bei der ersten sich bietenden Gelegenheit.«

»Ich werde warten«, erwiderte die Duchesse. »Bestelle Lord Arkley, daß ich mich freuen würde, wenn er einmal bei mir vorbeikäme. Ich nehme an, er hat vergessen – falls er es je gewußt hat –, daß ich einmal die Freundin seiner Mutter war.«

»Ich werde es ihm ausrichten!« versprach Mariska.

Während sie die Treppe hinaufeilte, wünschte sie, es würde ihr möglich sein, Lord Arkley vom Wunsch der Duchesse in Kenntnis zu setzen.

Lord Arkley war am vergangenen Abend so freundlich zu ihr gewesen, und sie wußte, wenn sie ehrlich war, dann sehnte sie sich regelrecht danach, ihn wiederzusehen.

Es drängte sie, noch ausführlicher mit ihm über die Dinge zu sprechen, von denen sie sicher war, daß kein anderer Mann sie ihr verständnisvoller und anschaulicher erklären konnte.

Mit einem Gefühl der Verzweiflung dachte sie daran, daß die Vergnügungen von Marienbad ihm wohl für ein solches Gespräch keine Zeit lassen würden. Und außerdem fand er sie ganz gewiß fade und langweilig.

Sie sagte sich, daß er am vergangenen Abend bestimmt nur aus Mitgefühl für Friedrich zum Dinner gekommen war. Und sie zweifelte auch nicht daran, daß Friedrichs Trunksucht und Unbeherrschtheit ihn abgestoßen hatten.

Es brauchte ihr niemand zu erklären, daß Lord Arkley mit der geschmeidigen, durchtrainierten Gestalt des Athleten sehr maßvoll und enthaltsam lebte, gleichgültig, welche Laster und üblen Gewohnheiten die Menschen auch besaßen, mit denen er zusammenkam.

Vielleicht werde ich nie wieder die Gelegenheit haben, mit ihm zu reden, dachte sie betrübt.

Sie öffnete die Tür der Suite und war erleichtert, als sie feststellte, daß sie nicht zu spät kam. Friedrich würde also gar nicht erfahren, wo sie gewesen war.

Die schwere, mit dicken Goldlitzen besetzte Mütze des Generals lag noch auf dem Stuhl in der Diele, und Mariska hörte die Stimmen der beiden Männer im Salon.

Die Tür mußte nur angelehnt gewesen sein, denn der Durchzug, der entstand, als sie die Suite betrat, drückte die Tür einen Spaltbreit auf, und Mariska hörte den General sagen:

»Wenn Sie die Sache für undurchführbar halten, kann ich veranlassen, daß Baronin von Kettler nach Marienbad entsandt wird. Wie Sie wissen, ist sie eine sehr verführerische Frau, die uns in der Vergangenheit schon außerordentlich gute Dienste geleistet hat.«

»Nein, nein, es wird schon klappen«, antwortete Prinz Friedrich fast ärgerlich. »Überlassen Sie alles mir. Ich verspreche Ihnen, daß ich den Kaiser nicht enttäuschen werde.«

»Das hoffe ich. Doch wenn Sie merken, daß Ihnen die Sache über den Kopf wächst, benachrichtigen Sie umgehend Admiral von Senden. Er wird sich die nächsten zehn Tage in Marienbad aufhalten, weil er beabsichtigt, eine Kur zu machen.«

Mariska ging in ihr Schlafzimmer und schloß die Tür hinter sich.

Friedrichs Stimme verriet, daß er sich in die Enge getrieben fühlte und gleichzeitig wütend auf den General war, weil dieser an seinen Fähigkeiten zweifelte.

Aber was war es, was Friedrich tun sollte? Was verlangte man von ihm? Und weshalb vertraute er sich ihr nicht an?

Fragen, auf die sie keine Antwort fand.

Ja, und wer war die Baronin von Kettler? Mariska konnte sich nicht erinnern, den Namen dieser Frau schon einmal gehört zu haben.

Einige Minuten später hörte sie die Stimme des Generals, der im Vestibül mit Josef sprach. Gleich danach fiel die Tür der Suite mit einem leisen Knall ins Schloß.

Mariska eilte in den Salon.

Friedrich saß in seinem Rollstuhl vor dem Kamin.

Er wandte bei ihrem Eintritt nicht den Kopf. Sie konnte sich denken, daß er verärgert war. Mariska spürte, wie sich ihr Herz verkrampfte. Vorsichtig fragte sie:

»Was wollte der General von dir?«

Sie wußte, sie hätte einen Zornesausbruch heraufbeschworen, wenn sie auch nur mit der kleinsten Andeutung verraten hätte, was sie mitbekommen hatte.

»Er hatte einige persönliche Dinge mit mir zu besprechen«, antwortete der Prinz in mürrischem Ton.

Dann blickte er auf die Uhr und stieß einen unwilligen Laut aus.

»Höchste Zeit, daß ich mein Wasser trinke! Wo zum Teufel steckt Josef?«

»Er wartet bereits. Du siehst, ich habe meinen Hut schon aufgesetzt. Wir können uns also unverzüglich auf den Weg zu den Kolonnaden machen.«

»Warum zum Teufel warten wir dann noch?« stieß der Prinz wütend hervor. »Wenn ich überhaupt mit einer Besserung meines Zustands rechnen will, habe ich mich strikt an meine Zeiten zu halten – das weißt du genau!«

Mariska gab ihm keine Antwort.

Es war typisch für Friedrich, daß er ihr und Josef die Schuld gab, wenn irgend etwas schiefgelaufen war. Dabei konnten sie beide wirklich nichts dafür, daß der General so lange geblieben war und sie nun zwanzig Minuten zu spät zum Brunnen kamen.

Nur mit großer Überwindung gelang es ihr, sich davor zurückzuhalten, ihm die bittere Wahrheit zu sagen. Ihm zu sagen, daß es völlig unerheblich für ihn war, ob er zwanzig Minuten früher oder später zur Heilquelle kam.

Sie hatte es Friedrich nie gesagt, aber das Urteil der Ärzte war vernichtend. Ganz unverblümt hatten sie ihr erklärt, daß sich der Zustand des Prinzen niemals mehr bessern werde.

Keine Heilquelle, kein Medikament, kein Arzt und kein Krankenhaus konnten mehr für ihn tun, als bisher schon geschehen war.

Es war Mariska gewesen, die weiter an dem Glauben festgehalten hatte, daß die Hoffnung manchmal Wunder wirkte. Und sie hatte unablässig versucht, in ihrem Mann diese Hoffnung auf Heilung wachzuhalten. Denn für einen Menschen, der leiden mußte, ohne an seinem Leiden eine persönliche Schuld zu haben, gab es nichts Grausameres, als wenn ihm diese Hoffnung genommen wurde.

Gleichzeitig jedoch war das Zusammenleben mit Prinz Friedrich ein ausgesprochenes Martyrium, und die größte Furcht in Mariska war die, daß Josef sie verlassen könnte.

Obwohl er ihr gegenüber nie auch nur die kleinste Äußerung getan hatte, glaubte sie, daß einer der Gründe, weshalb er es nun schon so lange bei ihm aushielt, der war, daß er sie mochte und Mitleid mit ihr hatte.

Das jedenfalls stand für sie fest: Niemand außer Josef hätte es fertiggebracht, Friedrichs ständige Nörgeleien, seine Zornesausbrüche und die menschenverachtende Art, mit seinem Diener umzugehen, zu ertragen.

Die Dienerschaft in Wildenstein wechselte unablässig,

und was ihre Kammerfrauen betraf, so hatte Mariska es aufgegeben, zu zählen, wie viele in den verflossenen zwei Jahren gekommen und wieder gegangen waren.

Keine hatte Prinz Friedrichs Roheit und seinen verletzenden Umgangston lange ertragen.

Mariska war sich der Tatsache bewußt, daß es strenggenommen sehr unschicklich war, ohne Kammerfrau zu reisen.

Aber diejenige, die ihr hoch und heilig versprochen hatte, sie nach Marienbad zu begleiten, kündigte wenige Stunden vor dem Aufbruch ihre Stellung.

»Es tut mir leid, Eure Königliche Hoheit«, hatte sie vor ihrem Weggang zu Mariska gesagt. »Ich bin gern bei Ihnen, aber ich kann es nicht mehr ertragen, daß mich jemand so sehr kränkt und beleidigt, wie Seine Königliche Hoheit es tut.«

»Sie wissen doch, daß er nicht verantwortlich ist für das, was er sagt«, hatte Mariska gemurmelt.

»Das stimmt nicht ganz, Eure Königliche Hoheit«, erwiderte die Kammerfrau. »Es gibt eine Sprache, die anzuhören keine Lady gezwungen sein sollte. Verzeihen Sie mir, Ma'am, aber ich reise wieder nach Hause. Ich werde nie mehr in den Palast zurückkehren, um dort noch einmal eine Funktion zu übernehmen. Und das gilt nicht nur für mich, sondern für jedes Mitglied meiner Familie. Für Eure Königliche Hoheit tut es mir sehr leid.«

Mariska hatte das Menschenmögliche versucht, aber es war ihr nicht gelungen, die Kammerfrau von ihrem Vorhaben abzubringen.

Auf eine Weise war es eine Erleichterung für sie, daß sie ohne Begleiterin nach Marienbad gekommen war, denn dadurch blieb ihr so manche peinliche und beschämende Situation erspart, wenn Friedrich seine Anfälle bekam und wie ein Geisteskranker zu toben begann.

Aber alles hatte seinen Preis. Ohne Kammerfrau war

ihre Bewegungsfreiheit noch stärker eingeschränkt. Es gab niemanden mehr, mit dem sie einen Bummel durch die Stadt machen oder auf einer Bank im Kurpark sitzen konnte.

Ab und zu überredete sie ihre Zofe, mit ihr einkaufen zu gehen. Doch Helga war eine ältere Frau, die nicht gerne lief. Und sie gebrauchte dann immer die Ausrede, für lange Spaziergänge habe sie keine Zeit. Jedenfalls könne sie nicht die Kleider ihrer Herrin in Ordnung halten und zusätzlich stundenlang mit ihr durch die Stadt laufen.

Mariska hatte sich inzwischen damit abgefunden, die meiste Zeit des Tages in einem eintönigen Wartezimmer zu sitzen und zu lesen, während Friedrich vom Arzt untersucht wurde oder eine Spezialmassage erhielt.

Sie fragte sich oft bedrückt, ob ihr Leben weiterhin nur noch aus häßlichen Szenen, Wutausbrüchen und Gezänk bestehen würde, wenn sie mit Friedrich zusammen war, und aus endlosen, langweiligen Aufenthalten in öden Wartezimmern, wenn sie nicht mit ihm zusammen war.

Trotzdem war sie gerne in Marienbad, denn hier konnte sie aus dem Fenster in die weite, sanft gewellte Waldlandschaft schauen. Und sie hatte nicht das Gefühl, eine Gefangene zu sein wie im Palast von Wildenstein, wo sie sich weder um den Haushalt noch um die Gestaltung der Zimmer und anderen Räumlichkeiten kümmern durfte.

Die verstorbene Großherzogin hatte nach Mariskas Einschätzung einen ganz entsetzlichen Geschmack besessen, doch obwohl Mariska Friedrich regelrecht angefleht hatte, war er nicht bereit gewesen, ihr wenigstens für den eigenen kleinen Salon die Anschaffung neuer Vorhänge zu gestatten.

Alle Räume des Palastes waren in dunklen Brauntönen gehalten, die gelegentlich von einem senffarbenen Gelb unterbrochen wurden.

Jede Art von Farbigkeit schien verpönt zu sein. Sogar

die Blumen schienen ihre bunte Pracht und Leuchtkraft zu verlieren, sobald sie in den Palast gebracht wurden.

Für Mariska, die alles Schöne liebte und aus einem der herrlichsten Länder der Erde stammte, war der Anblick all der Häßlichkeiten, die sie umgaben, etwas, das ihr körperliche Schmerzen bereitete.

Nicht einmal am Garten konnte sie sich erfreuen, denn es gab dort nur wenige Blumen. Meist wuchsen sie in Töpfen und erfuhren nur wenig Pflege.

Mariska sehnte sich nach der weiten offenen Pußta, über die sie mit ihrem Vater so oft dahingaloppiert war, nach den silbernen Flußläufen, den schneebedeckten Berggipfeln, die hoch in den blauen Himmel aufragten. Vor allem jedoch nach den feurigen Pferden, auf die ihr Heimatland so stolz war.

Das Heimweh nach Ungarn fraß in ihr. Tag um Tag und Stunde um Stunde weilte sie mit ihren Gedanken zu Hause bei ihrer Familie.

Weshalb lachte niemand in Wildenstein? Weshalb erhielt sie auf alles, was sie fragte, nur einsilbige Antworten? Weshalb endete jedes Gespräch, gleichgültig, wie es begann, stets bei der Politik oder bei irgendwelchen Problemen der Verwaltung oder der Rechtsprechung?

In Marienbad fühle ich mich wenigstens ein wenig freier, dachte Mariska, und als sie wenige Minuten später hinter dem Rollstuhl ihres Mannes den Korridor entlang ging, empfand sie ein Gefühl der Erleichterung bei dem Gedanken, daß sie gleich wieder draußen, mitten im Sonnenschein, sein würde.

Friedrich hatte sich immer noch nicht beruhigt. Brummend und nörgelnd saß er im Rollstuhl und schien nicht darüber hinwegzukommen, daß er sich verspätet hatte.

Mariska achtete nicht darauf, sie hatte sich angewöhnt, bei manchem, was er sagte, einfach nicht hinzuhören.

Als sie das Hotel verließen und in die Sonne hinaustraten, leuchteten Mariskas Augen, und alles, was Friedrich sagte, erreichte ihre Ohren genausowenig, wie es der weit entfernte Donner eines schwülen Sommertages getan hätte.

Da sie eine halbe Stunde zu spät waren, herrschte am Kreuzbrunnen bereits reger Betrieb. Die Ladys mit ihren bunten Hüten hielten die hellen Sonnenschirme wie übergroße Blumen in der Hand.

Es war ein absolutes Gebot der Mode, daß kein Sonnenstrahl ihre zarte Haut berührte. Aber ebenso undenkbar war es, daß auch nur eine der Ladys die sonnendurchflutete Terrasse außerhalb der Kolonnaden gemieden hätte.

Als einer der Leibwächter, der Friedrich zur Quelle begleitet hatte, zum Brunnen ging, um den Becher mit dem Heilwasser zu füllen, schaute Mariska sich um.

Die Herren waren meist in mittlerem Alter oder älter. Sie erkannte König Ferdinand von Bulgarien und den König von Griechenland. Ein wenig abseits von den beiden stand – ein wenig fremd wirkend mit seinem roten Turban – Hakim Pascha.

Was Mariska immer großes Vergnügen bereitete, war der Anblick der polnischen Rabbiner zwischen den eleganten Herrschaften beim Kreuzbrunnen. Von Kopf bis Fuß in feierlich-düsteres Schwarz gekleidet, auf dem Kopf die weiten, flachkronigen Hüte, wirkten sie in den kaftanartigen Gewändern, die bis zum Hals mit zahlreichen Knöpfen versehen waren, mit ihren schwarzen Vollbärten und den fettigen schwarzen Locken wie düstere Kobolde.

Mariska schaute eben lächelnd hinter dreien von ihnen her, als neben ihr eine Stimme ertönte. Es war König Edward, der mit leutseligem Gesichtsausdruck auf sie zukam.

»Guten Morgen, Mariska«, sagte er herzlich. »Ich kann

nicht verstehen, daß eine junge Frau mit Ihrer bezaubernden Figur es nötig hat, das Wasser der Heilquelle zu trinken! Bei mir ist das leider etwas anderes!«

Mariska knickste und lächelte Seine Majestät beglückt an. Dabei stellte sie fest, daß er von zwei Gentlemen begleitet wurde. Es waren der Marquis da Soveral, der portugiesische Gesandte an St. James', der, wie sie wußte, ein guter Freund des Königs war, und Lord Arkley.

Mariska spürte, wie ihr das Blut in die Wangen stieg, als letzterer sie mit großer Höflichkeit begrüßte. Ärgerlich über ihre Verlegenheit, senkte sie den Blick.

Der König hatte sich inzwischen an Prinz Friedrich gewandt und unterhielt sich mit ihm. Mariska hatte den Eindruck, daß ihr Mann sich an diesem Morgen viel zuvorkommender und verbindlicher gab als am Tag zuvor.

Dann wurde die Aufmerksamkeit des Königs von einer sehr attraktiven Dame mit einem riesigen grünen Tüllhut abgelenkt, und während der Marquis da Soveral sich an Prinz Friedrich wandte, fragte Lord Arkley leise:

»Wie geht es Ihnen heute?«

Mariska blickte zu ihm auf, und als ihre Augen den seinen begegneten, vermochte sie sekundenlang kein Wort hervorzubringen.

Sie wollte ihm sagen, daß sie noch lange wach gelegen und über seine Worte nachgedacht habe und sich seitdem viel ruhiger und ausgeglichener fühle.

Aber dann erinnerte sie sich an das, was die Duchesse ihr aufgetragen hatte, falls sie Lord Arkley wiedersehen würde, und sagte rasch:

»Die Duchesse von Vallière, die im Weimar wohnt, ist eine alte Freundin Ihrer Mutter. Sie würde sich sehr über einen Besuch von Ihnen freuen.«

»Bestellen Sie der Duchesse, daß ich Ihre Einladung gern annehme«, erwiderte Lord Arkley. »Ich erinnere mich an sie. Meine Mutter hat oft von ihr gesprochen.«

»Oh, Sie würden ihr mit Ihrem Besuch wirklich eine große Freude bereiten«, sagte Mariska.

»He, Arkley, ich habe Ihnen etwas zu sagen!«

Mariska hatte das Gefühl, ein Gewehr wäre zwischen Lord Arkley und ihr abgefeuert worden, als sie die scharfe Stimme ihres Mannes hörte.

Der Marquis da Soveral trat zurück und überließ seinen Platz neben dem Rollstuhl Lord Arkley.

»Guten Morgen, Königliche Hoheit«, sagte Lord Arkley. »Ich muß Ihnen noch einmal für das ausgezeichnete und unterhaltsame Dinner am gestrigen Abend danken.«

Es ist sehr großmütig von ihm, das zu sagen, dachte Mariska, denn sie war überzeugt davon, daß der Abend für ihn keineswegs unterhaltsam gewesen war.

»Ich glaubte, Sie wären ausgeritten«, sagte Prinz Friedrich in beinahe vertraulichem Ton.

»Ich hatte noch nicht die Zeit, schon für heute morgen einen Ausritt zu arrangieren«, antwortete Lord Arkley. »Aber inzwischen habe ich den besten Mietstall von Marienbad ausfindig gemacht und vereinbart, daß ich morgen früh um sieben meinen ersten Ritt mache. Und von da an täglich zur gleichen Zeit, solange ich hier bin.«

»Ich hörte, daß Sie es im vergangenen Jahr ebenso gemacht haben«, sagte Prinz Friedrich.

Mariska sah, daß Lord Arkley die Brauen hob, als wäre er erstaunt darüber, daß ihr Mann so gut über seine Gewohnheiten informiert war.

Dann fuhr der Prinz fort:

»Ich vermute, es ist die einzige Zeit des Tages, wo Sie noch etwas auf eigene Faust unternehmen können. Der Kaiser sagte immer, sein Onkel Bertie sei ein sehr besitzergreifender Dienstherr. Oder sollte ich ihn besser einen unermüdlichen Sklaventreiber nennen?«

»Ich für meinen Teil sehe das anders«, entgegnete Lord Arkley frostig. »Für mich ist es eine außergewöhnliche

Ehre, die Gesellschaft Seiner Majestät genießen zu dürfen.«

Im stillen dachte er, daß Prinz Friedrich mit seiner Bemerkung nicht ganz unrecht hatte. Aber trotz seines Vorsatzes, nett zu dem Kranken zu sein, konnte er es nicht zulassen, daß jemand den König in seiner Gegenwart beleidigte.

Der Prinz lachte, doch es klang nicht besonders fröhlich. Es war eher die geringschätzige Reaktion eines Mannes, der annimmt, ein anderer bemühe sich, einem Höhergestellten Honig um den Bart zu schmieren.

So jedenfalls sah es Lord Arkley, der vor Mariska den Hut zog und im Begriff war, seinen Weg fortzusetzen, als Prinz Friedrich ihn mit den Worten zurückhielt:

»Nein! Minute noch, Jan! Ich möchte, daß Sie mir einen Gefallen tun!«

Lord Arkley verhielt, erstaunt über den veränderten Klang in der Stimme des Prinzen und über die Tatsache, daß dieser ihn mit seinem Vornamen anredete.

Er wartete, und der Prinz sagte:

»Ich frage mich, ob Sie auf Ihrem Ritt morgen früh nicht die Prinzessin mitnehmen könnten. Sie ist eine leidenschaftliche Reiterin, und ich wüßte niemanden, dessen Obhut ich sie anvertrauen könnte.«

Einen Moment lang glaubte Mariska, nicht richtig gehört zu haben. Das konnte doch nicht wahr sein, daß diese Worte aus dem Mund ihres Mannes gekommen waren. Sie mußte träumen, oder irgendein Troll erlaubte sich einen Scherz mit ihr.

Ihre Augen weiteten sich, während sie Lord Arkley anblickte. Kaum waren die Worte Prinz Friedrichs verklungen, als der Engländer erwiderte:

»Aber selbstverständlich. Es wird mir eine Ehre sein, die Prinzessin zu begleiten.«

Er sah Mariska an, bevor er hinzufügte:

»Aber vielleicht ist sieben Uhr zu früh für Eure Königliche Hoheit?«

»Nein, nein, ganz und gar nicht«, stammelte Mariska, die völlig verwirrt war und nicht wußte, ob sie träumte oder wachte.

»Gut, dann werden Sie die nötigen Vorbereitungen treffen, Arkley«, mischte Prinz Friedrich sich ein. »Und sagen Sie im Mietstall Bescheid, daß die Rechnung an mich geht.«

»Mit dem größten Vergnügen, Sir«, erwiderte Lord Arkley. »Doch würden Sie mich jetzt bitte entschuldigen. Ich sehe nämlich, daß Seine Majestät mich zu sich winkt.«

Er zog den Hut und ging davon.

Mariska holte tief Luft.

War das alles Wirklichkeit?

Den Wunsch auszureiten hatte Friedrich ihr fast immer ausgeschlagen. Was war mit ihm geschehen, daß er ihr jetzt von sich aus den Vorschlag machte? Hier in Marienbad! Und ihr Begleiter sollte Lord Arkley sein!

Sie war im Begriff, Friedrich nach dem Grund für seinen Sinneswandel zu fragen, als der Leibwächter mit dem gefüllten Becher zurückkam.

»Ekelhaftes Zeug!« knurrte Prinz Friedrich und nahm den Becher ohne ein Wort des Dankes in Empfang.

Dann begann er in kleinen Schlucken zu trinken. Mariska, die ihre Aufmerksamkeit der flanierenden Menge zuwandte, bemerkte Lord Arkley, der mit dem König in der Nähe des Kreuzbrunnens stand. Sie hörten dem Marquis da Soveral zu, der wegen seines Witzes bekannt war, und brachen immer wieder in vergnügtes Lachen aus.

Mariska hatte plötzlich den Eindruck, die Sonne schiene heller als je zuvor in ihrem Leben. Es juckte sie in den Füßen, zu den Klängen der Kapelle zu tanzen, und sie war drauf und dran, die Melodie mitzusingen.

Sie wollte sich bei ihrem Gatten bedanken, aber im letzten Augenblick biß sie sich auf die Lippen, und die Worte blieben ungesagt.

Sie wußte genau, wenn sie ihre Freude über das, was sie am nächsten Morgen erwartete, zu deutlich zeigte, konnte es passieren, daß Friedrich von einer Sekunde auf die andere seinen Sinn änderte und die Erlaubnis zurücknahm.

Als würde er ihre Gedanken lesen, blickte er zu ihr auf und sagte:

»Das ist es doch, was dir in der Nase steckt, nicht wahr? Bist ja ganz verrückt aufs Reiten.«

»Es wird schön sein, noch einmal im Sattel zu sitzen«, antwortete sie ruhig. »Danke, Friedrich, daß du daran gedacht hast.«

Während sie noch sprach, erkannte sie an seinem Gesichtsausdruck, daß es nicht seine Idee gewesen war. Vielleicht sagte es ihr aber auch ihr Gefühl.

Nur, wenn es nicht Friedrichs Idee gewesen war – wessen Idee war es dann?

Sie rief sich zur Ordnung. Ihre Phantasie ging mit ihr durch.

Sie konnte nicht ahnen, daß er beabsichtigte, sich bei Lord Arkley in eine günstige Position zu bringen, und daß er dazu diesen ein wenig sonderbaren Weg gewählt hatte. Etwas anderes beschäftigte sie zu sehr. Es war die Angst, Lord Arkley zur Last zu fallen. Vielleicht wünschte er, allein zu reiten. Vielleicht gab es auch jemanden, mit dem er lieber ausgeritten wäre.

Da Mariska in den vergangenen drei Jahren von dem einzigen Mann, mit dem sie in Berührung kam, unablässig geschmäht und beschimpft worden war, hatte sie alle Selbstsicherheit verloren. Die Folge davon war, daß sie sich nun den Kopf darüber zerbrach, ob Friedrich Lord Arkley mit seiner Bitte überrumpelt hatte. Ob dieser im Grunde nur eingewilligt hatte, weil ihm gar keine andere Wahl geblieben war.

An diesem Abend war Friedrich noch schwieriger und ekelhafter als gewöhnlich. Fast schien es so, als bedauerte er bereits die kleine Freundlichkeit, die er ihr erwiesen hatte.

Sie aßen allein, und er hatte an allem etwas auszusetzen. Besonders am Verhalten des Dieners und an den einzelnen Gängen, die Mariska in dem Bemühen ausgewählt hatte, ihn damit zu erfreuen. Er trank mehr als gewöhnlich, und am Ende des Dinners befand er sich in der gewalttätigen Stimmung, die Mariska nur zu gut kannte.

Es war nicht ratsam, ihm zu nahe zu kommen, wenn er sich in dieser Verfassung befand. Dann griff er nach ihr, hielt sie fest und begann mit seiner Lederpeitsche wie von Sinnen auf sie einzuschlagen.

In solchen Situationen war es unmöglich für sie, sich aus seinem Griff zu befreien. Er war um vieles stärker als sie, und er ließ nicht eher von ihr ab, bis sie bewußtlos zusammenbrach und Josef ihn ins Bett brachte.

Nun, nach Beendigung des Dinners, unterbrach Prinz Friedrich seine Flüche und Schimpftiraden und sagte mit einem unheilverkündenden Unterton in der Stimme:

»Komm her!«

Sie erhob sich. Doch als sie den Ausdruck seiner Augen sah, wandte sie sich hastig um und verließ den Salon.

Er schrie wütend hinter ihr her, doch sie achtete nicht auf ihn. Josef wartete im Vestibül.

»Ich werde ihn zu Bett bringen, Königliche Hoheit«, flüsterte er ihr zu.

»Danke, Josef.«

Sie schlüpfte in ihr Schlafzimmer, verriegelte die Tür hinter sich und setzte sich, die Hände vors Gesicht gepreßt, um nicht in Tränen auszubrechen, aufs Bett.

Sie wußte: gleichgültig, was sie auch für ihn tun mochte, Friedrich haßte sie. Er haßte sie, weil sie jung war, weil sie laufen konnte und nicht wie er an den Rollstuhl gefesselt war.

Er haßte sie, weil er sie nicht völlig zerbrechen konnte, selbst wenn er sie noch so sehr quälte – seelisch und körperlich. Er haßte ihren angeborenen Stolz, der sich ihm ständig widersetzte und nicht zu beugen war.

Doch sie war nicht mehr weit vom endgültigen Zusammenbruch entfernt. Immer häufiger glaubte sie, wahnsinnig zu werden, wenn sie seine Kränkungen und Beleidigungen noch länger über sich ergehen lassen mußte.

Jeder Nerv ihres Körpers zuckte bei dem Gedanken an die Grausamkeit, mit der er sie bestrafte, so oft er ihrer habhaft werden konnte.

»Ich wünschte, ich wäre tot«, flüsterte sie vor sich hin, wie sie es schon oft getan hatte. »Alle Qual hätte dann ein Ende, und ich wäre frei.«

Doch dann erinnerte sie sich daran, daß sie am nächsten Morgen ausreiten würde.

Die Vorstellung war für sie wie ein Stern in der Nacht. Doch die Furcht kroch in ihr hoch, daß Friedrich seine Entscheidung bis zum kommenden Tag wieder rückgängig machen könnte.

Es gab eine winzige Chance. Sie würde das Hotel vielleicht schon verlassen haben, bevor er geweckt wurde.

Der Arzt hatte angeordnet, daß Josef ihm einen Schlaftrunk verabreichte, wenn Friedrich sich abends zu sehr in seine Wutausbrüche hineinsteigerte.

Diese Anordnung diente vor allem Josefs Entlastung, denn andernfalls fand der Diener keinen Schlaf. Er würde die ganze Nacht damit beschäftigt sein, den Prinzen davor zu bewahren, daß er aus dem Bett fiel oder mit allem um sich warf, was in seiner Reichweite war.

Doch nach einem Schlaftrunk schlief Friedrich für gewöhnlich erst spät ein und erwachte am nächsten Morgen entsprechend später – stets sehr schwach und lethargisch.

Sie wußte, daß es nicht richtig war, und doch betete sie, daß ihr Mann am kommenden Morgen in diesem Zustand sein möge. Dann würde sie das Hotel bereits verlassen haben, bevor er es überhaupt merken konnte.

Sie hatte ihre Zofe gebeten, ihr ein leichtes Reitkostüm herauszulegen, und als sie aufstand, sah sie, daß diese ihrer Bitte nachgekommen war.

Es handelte sich um ein dunkelblaues, zweiteiliges Kleid, das sie sich einmal für sehr warme Tage zugelegt hatte. Doch dann war ihr klargeworden, daß sich wohl kaum einmal eine Gelegenheit bieten würde, es zu tragen.

Es stand ihr ausgezeichnet, und sie wußte es, denn ihre Taille war genauso schlank wie die der Kaiserin von Österreich, die als die beste Reiterin in Europa galt.

Wenigstens was ihre Reitkunst anging, hatte Mariska keine Zweifel, daß sie es mit jeder Lady in Marienbad aufnehmen konnte. Und doch mochte Lord Arkley den Wunsch nach einer anderen Begleiterin haben, deren Gesellschaft ihn mehr erfreute als die der Prinzessin von Wildenstein.

»Wie kann eine Frau einem Mann eine angenehme Gesellschafterin sein, wenn ihr so zumute ist wie mir?« fragte sie sich immer wieder.

Außerdem: worüber konnte sie mit einem Mann reden, dem alle Türen der eleganten Welt offenstanden?

Es war bekannt, daß König Edward nur amüsante Leute um sich duldete. Und alle seine Gäste im Buckingham-Palast waren Menschen, auf die die Prädikate »lustig« und »unbeschwert« zutrafen.

Die Duchesse hatte ihr erzählt, wie charmant der portugiesische Gesandte war und wie sehr man auf den großen Partys in London seine Anwesenheit schätzte.

»Er war jahrelang mein Freund«, sagte die Duchesse. »Man nennt ihn ›The Blue Monkey‹ wegen seines heiteren Temperaments, seiner blauschwarzen Haare und seiner dunklen Haut.«

Sie hatte leise aufgelacht, als sie hinzufügte:

»Lues da Soveral gilt als der beliebteste Mann in ganz London – mit Ausnahme der deutschen Botschaft.«

»Und weshalb mögen sie ihn dort nicht?« fragte Mariska.

»Wegen seiner antideutschen Einstellung«, erwiderte die Duchesse. »Sie fürchten seinen Einfluß auf König Edward.«

Als Mariska den Marquis am vergangenen Morgen lachend und redend beim Kreuzbrunnen stehen sah, hatte sie sich gefragt, wie viele Leute mit antideutscher Einstellung es wohl sonst noch geben mochte.

Oft hatte sie den Eindruck, von diesem oder jenem ein wenig abfällig betrachtet zu werden, weil sie mit einem Deutschen verheiratet war.

Ob Lord Arkley auch ein solches Vorurteil gegen sie haben mochte?

Sie konnte es nicht glauben. Er war so freundlich und verständnisvoll gewesen, als sie zusammen unter der großen Weide gesessen hatten.

»Gleich werde ich ihn sehen«, murmelte sie, während sie in das dunkelblaue Reitkostüm schlüpfte. Sie spürte, wie ihr das Herz bis in den Hals schlug.

IV

Die Sonne flutete durch die Zweige der Tannen, die einen warmen, würzigen Duft ausströmten.

Mariska war seit langer Zeit nicht mehr so glücklich gewesen. Ja, sie hatte eigentlich schon vergessen, was Glück überhaupt war.

Außerdem befand sie sich in einem Zustand der Erregung, wie sie ihn bisher noch nie erlebt hatte.

Von dem Augenblick an, da sie die Stufen der Freitreppe hinuntergestiegen und auf den wartenden Lord Arkley zugegangen war, hatte sie das Gefühl gehabt, alles, was düster und bedrückend in ihrem Leben war, hätte sich in nichts aufgelöst.

Ein Blick auf das Pferd, das Lord Arkley am Zügel hielt und das sie reiten sollte, sagte ihr, daß er das feurigste Tier für sie ausgewählt hatte, das im Mietstall zu finden gewesen war.

Gewiß, es war nicht zu vergleichen mit den wundervollen Pferden, die sie zu Hause in Ungarn geritten hatte, aber es gehörte auch nicht zu den dicken, bequemen Mähren, die normalerweise von den Ladys gemietet wurden, die in Marienbad nur in den Sattel stiegen, weil es eben Mode war.

»Ein schöner Morgen, Ma'am«, sagte Lord Arkley in einem höflichen Tonfall, der den Ausdruck seiner Augen Lügen strafte.

»Für mich sogar ein ganz ungewöhnlich schöner Morgen«, erwiderte Mariska.

Er half ihr in den Sattel und dachte bei sich, daß sie so leicht war wie eine Flaumfeder. Und als sie sich in Bewegung setzten, wurde er sich bewußt, daß er noch nie eine Frau gesehen hatte, die auf einem Pferd eine so elegante und hinreißende Figur machte.

Er wußte, daß Mariska nicht auf ein Kompliment wartete, sondern daß ihr ganzes Wesen in diesem Augenblick von einer unendlichen Freude und Fröhlichkeit erfüllt war. Sie durfte reiten, sie fühlte sich frei wie ein Vogel in der Luft. Alle Sorgen und alles Unglück hatte sie hinter sich gelassen.

Er hatte keine Ahnung davon, daß sie sich auf Zehenspitzen und mit angehaltenem Atem aus der Suite geschlichen hatte, voller Furcht, Friedrich könnte sie hören und sie im letzten Moment zurückrufen.

Erst als Josef hinter ihr die Tür geschlossen hatte, war die Furcht von ihr abgefallen.

Sie war den Korridor entlang geeilt in dem Bewußtsein, dem Verhängnis entronnen zu sein, und voller Jubel darüber, daß es wenigstens eine Stunde lang keinen Kummer mehr für sie geben würde.

Schweigend ritten sie den Weg entlang, der mitten durch die Tannen führte, und plötzlich umhüllte sie strahlender Sonnenschein. Unter ihnen lag ein weites, grasbedecktes Tal.

Mariska ließ ihren Blick über das grüne Weideland schweifen. Dann schaute sie Lord Arkley an, und er erkannte die Frage in ihren Augen.

»Es ist zwar nicht die Pußta«, sagte er, »aber durchaus geeignet für einen ordentlichen Galopp.«

Ihm gefiel das Lächeln, das ihr ganzes Gesicht erhellte.

Sie ließen ihre Pferde den Hang hinuntergaloppieren und erreichten nach kurzer Zeit das Grasland. Seite an

Seite sprengten sie über die grüne, mit bunten Wiesenblumen bedeckte Fläche, während die Hufe der Pferde dicke Erdbrocken in die Luft schleuderten.

Etwa eine Meile ritten sie in fast halsbrecherischem Tempo dahin, bis sie die Pferde zügelten und Mariska rief:

»Mein Gott, ist das wundervoll! Ganz und gar wundervoll!«

Zum erstenmal, seit Lord Arkley sie kannte, sah er Farbe auf den sonst so blassen Wangen. Ihre Augen sprühten Feuer, und ihre Lippen lächelten.

Sie sieht aus wie ein junges Mädchen auf der Schwelle zum Leben, jede Sekunde in vollen Zügen genießend, dachte er. Ein junges Mädchen, das die Bitterkeit des Daseins noch nicht kennengelernt hat, das noch an die Erfüllung seiner Träume glaubt und daran, daß alle Märchen wahr werden.

Als machte die Art, wie er sie betrachtete, sie verlegen, beugte sie sich vor und tätschelte den Hals ihres Pferdes.

»Wohin reiten wir – jetzt?« fragte sie, und in ihrer Stimme hörte er die Angst, er könnte sagen, es sei Zeit umzukehren.

»Wir reiten wieder den Hang hinauf«, antwortete er. »Und dann werde ich Ihnen den Weg zu einem kleinen See zeigen, den ich einmalig schön finde.«

»Oh, das wäre herrlich!« rief Mariska begeistert.

Sie ritten zurück und folgten, nachdem sie die Anhöhe erreicht hatten, einem Weg, der weiter durch hohe Tannen führte. Ganz unerwartet standen sie plötzlich an einem See.

Er war nicht groß, aber – wie Lord Arkley gesagt hatte – einmalig schön.

Umgeben von Bäumen, spiegelte er das Blau des Himmels, und Mariska hatte den Eindruck, bis auf den Grund sehen zu können, so klar war er. Da es früh am Morgen war, gab es außer ihnen noch keinen Menschen hier.

Lord Arkley deutete mit dem Peitschenstiel nach vorn zum entgegengesetzten Ende des Sees. Durch das Grün der Bäume war ein rotes Dach zu sehen.

»Drüben liegt ein kleines Café«, sagte er. »Ich mag mich irren, aber ich könnte mir denken, daß Sie noch nicht gefrühstückt haben.«

»Woher wissen Sie das?«

»Ich denke, Sie hatten es heute morgen ziemlich eilig, und außerdem waren sie auch viel zu aufgeregt, um zu frühstücken.«

Sie gab keine Antwort. Nach einer kurzen Pause sagte er:

»Nun, habe ich recht?«

»Ja, natürlich haben Sie recht. Aber ich frage mich, woher Sie so etwas wissen.«

Weil er sie nicht in Verlegenheit bringen wollte, erklärte er ihr nicht, daß ihre Augen sehr verräterisch seien und daß er das Gefühl habe, er könnte darin alles lesen, was sie dachte und empfand.

Außerdem nahm er an, daß sie sich in aller Stille davongeschlichen hatte, bevor der Prinz erwacht war.

Sie ritten zu dem Café hinüber. Nur das Klirren des Sattelzeugs, das Summen der Bienen und der Gesang der Vögel durchbrach die feierliche Stille.

Vor dem Haus, mitten im Sonnenschein, gab es zwei Tische, und nachdem ein Junge herbeigeeilt war und ihnen die Pferde abgenommen hatte, ließen sich Lord Arkley und Mariska an einem davon nieder.

Mariska lehnte sich über das grobe Holzgeländer der kleinen Terrasse und betrachtete die unzähligen Fische, die sich unter ihr in dem klaren Wasser tummelten.

Ein feiner Nebelschleier lag über dem gegenüberliegenden Seeufer, und die hohen Tannen spiegelten sich schemenhaft auf der silbern schimmernden Wasserfläche. Es war ein zauberhafter Anblick.

Mariska war entzückt von diesem Platz.

»Was darf ich Ihnen bestellen?« fragte Lord Arkley. »Ein ordentliches englisches Frühstück?«

»Oh, bitte nicht!« erwiderte Mariska. »Es wäre zu reichlich für mich. Aber ich würde gerne eine Tasse Kaffee trinken.«

Ein hübsches Mädchen in böhmischer Nationaltracht mit schwarzem Samtmieder und einer bestickten weißen Bluse nahm Lord Arkleys Bestellung entgegen, die er in tadellosem Deutsch aufgab.

Als das Mädchen gegangen war, sagte Mariska zu ihm:

»Sie sprechen ein hervorragendes Deutsch.«

»Ich glaube, Sie wollen mir Komplimente machen.« Lord Arkley lächelte.

»Im Gegenteil, es war lediglich die Feststellung einer Tatsache«, erwiderte Mariska.

»Ich werde es dennoch als Kompliment ansehen. Und dann werde ich mich dafür revanchieren!« Er machte eine Pause, bevor er fortfuhr: »Ich habe noch nie eine Frau erlebt, die so gut reitet wie Sie. Und außerdem sehen Sie wundervoll aus im Sattel.«

Das jähe Aufleuchten in ihren Augen verriet ihm, welche Freude er ihr mit seinen Worten gemacht hatte.

»Ich habe mich noch gar nicht dafür bedankt«, sagte sie dann, »daß ich heute morgen mit Ihnen reiten durfte. Ich hatte das Gefühl, daß Friedrich mich Ihnen regelrecht aufgedrängt hat, und das war mir äußerst – peinlich.«

Es fiel Lord Arkley auf, daß sie die Regeln der Konvention außer acht ließ und von ihrem Mann sprach, ohne dessen Titel zu gebrauchen.

»Lassen Sie mich Ihnen versichern, daß es mir ein außerordentliches Vergnügen bereitet«, sagte er fest.

»Ist das – Ihr Ernst?« fragte sie. »Ich glaubte, Sie wären heute morgen viel lieber allein ausgeritten. Oder vielleicht gibt es jemand anders, dessen Gesellschaft Sie der meinen vorgezogen hätten!«

Ihre Worte hatten sich fast überschlagen. Mariska schien aufs äußerste erregt.

»Bevor Sie sich erneut den Kopf über diese Dinge zerbrechen«, sagte Lord Arkley sanft, »lassen Sie mich Ihnen der Wahrheit gemäß erklären, daß ich es herrlich finde, mit Ihnen zusammen zu reiten. Und ich kenne niemanden in Marienbad, dessen Begleitung ich der Ihren vorziehen würde.«

In seiner Stimme war ein Klang, der Mariskas Herz schneller schlagen ließ.

Verlegen wandte sie das Gesicht ab und blickte auf den Schwarm Fische, der unter ihnen dahinzog.

»Glauben Sie, auch Fische haben ihre Sorgen und Probleme?« fragte sie nach kurzem Schweigen.

»Wenn es so ist, haben sie auch ihre Freuden«, antwortete Lord Arkley.

»Sie meinen, Freud und Leid gehören zusammen?«

»Auf jeden Fall. Es ist unmöglich, Freud und Leid voneinander zu trennen. Ja, sie gehören zusammen wie Ebbe und Flut, wie Tag und Nacht.«

»Wie die Gezeiten, wie der Rhythmus von Licht und Dunkelheit . . .«

»Genauso!«

Sie stützte den Arm auf den Tisch und schmiegte die Wange in die gewölbte Handfläche.

»Sie sind sehr weise. Immer, wenn ich mit Ihnen spreche, erhalten die Dinge ihren richtigen Stellenwert, und alles erscheint einem klar und sinnvoll.«

»Und wenn Sie nicht mit mir sprechen?«

»Dann komme ich mir verloren vor, habe Angst und bin verwirrt. Ich glaube, ich bin unfähig, meine Probleme selbst zu lösen.«

»Dann versuchen Sie es gar nicht erst«, antwortete er. »Hören Sie auf zu grübeln. Die Hälfte allen Verdrusses in der Welt entsteht dadurch, daß die Menschen glauben, sie müßten sich unablässig um das Morgen kümmern. Sie leben ständig in der Zukunft und bringen sich dabei um den Genuß des Heute.«

»Und Sie denken, im Heute zu leben macht alles leichter?«

»Aber ja«, erwiderte er bestimmt. »Darf ich Ihnen noch etwas sagen – obwohl Sie es mir nicht glauben werden? Die meisten Schwierigkeiten, die wir uns in unserer Angst ausmalen, stellen sich im nachhinein als viel harmloser heraus, als wir es angenommen haben.«

Er sah, daß Mariska bei diesen Worten an Prinz Friedrich dachte. Rasch fügte er hinzu:

»Denken Sie an die Gegenwart. Erinnern Sie sich daran, daß Sie jetzt hier sind und wir uns miteinander unterhalten können, ohne daß uns jemand stört oder unterbricht. Ohne daß jemand Sie verbessert oder kritisiert.«

»Und ich genieße jede Sekunde davon.« Mariska sprach so leise, daß ihre Worte kaum zu verstehen waren.

Er wußte, daß sie im stillen hinzufügte, daß es etwas war, was sie ihrem Gedächtnis einprägen würde. Etwas, woran sie sich erinnern konnte, wenn das Leben wieder einmal unerträglich geworden war.

Die Bedienung erschien und brachte, was Lord Arkley bestellt hatte.

Erstaunt stellte Mariska fest, daß sie nicht nur eine Tasse Kaffee vor sie hinstellte. Es gab außerdem eine Schüssel mit Schlagsahne zur geschmackvollen Verfeinerung des Getränks, knusprige Brötchen, die noch ofenwarm waren, einen Topf mit goldgelber Butter und Honig, der nach Tannen und Wildblumen duftete. Und dazu gab es eine Schale mit Birnen und süßen weißen Trauben, die in den Weinbergen an den sonnenbeschienenen Hängen wuchsen.

Während sie aßen, erzählte Lord Arkley von seinen Reisen, von den Erlebnissen in fremden Ländern, seinen Begegnungen mit berühmten Persönlichkeiten und von lustigen Zwischenfällen während der Rennen.

Aus irgendeinem Grund kam ihm plötzlich Baron Eckartstein in den Sinn, der kürzlich behauptet hatte, die eigentliche Gefahr für den Frieden in Europa liege in einer Triple Entente, zu der die Initiative englischer Politiker und Würdenträger die drei Nationen Frankreich, Rußland und England zusammenbringen könne.

Mit einem Mal war in Lord Arkley die bohrende Frage, weshalb dieser Mann nach Marienbad gekommen war und was ihn bewogen haben mochte, Prinz Friedrich einen Besuch abzustatten.

Er zweifelte nicht daran, daß dieser Besuch etwas mit ihm und natürlich auch mit dem König zu tun hatte.

Aber was konnte ein Mann wie der Prinz in seinem bedauernswerten Zustand für die deutsche Regierung tun? Wieso glaubte man, daß ausgerechnet er in der Lage wäre, den ausgezeichnet funktionierenden Nachrichtendienst der Deutschen mit neuen interessanten Informationen zu beliefern?

Dennoch mußte es einen Grund dafür geben, daß der Prinz ihn gleich am Abend seiner Ankunft in Marienbad zum Dinner eingeladen hatte und ihm jetzt Mariska als Begleiterin auf seinem Morgenritt mitgab.

Lord Arkley spürte Mariskas Unruhe. Er war nicht mehr ganz bei der Sache, und die junge Frau merkte es.

Er gab sich also den gleichen Rat, den er vorhin ihr gegeben hatte: die Sorgen abzuschütteln, das Gestern und Morgen zu vergessen und sich ganz auf das Heute zu konzentrieren.

Ja, er sollte sich auf die Gegenwart konzentrieren. Auf dieses zarte, ungewöhnlich schöne Gesicht vor ihm, auf diese sanfte, melodische Stimme, an der er sich nicht satt hören konnte.

Und er sollte sich endlich der Tatsache stellen, daß diese junge Frau Gefühle in ihm wachrief, wie er sie einer Frau gegenüber noch nie empfunden hatte.

Doch dann sagte er sich, daß seine Phantasie mit ihm durchgehe: Mariska war eine schöne, begehrenswerte Frau, er war ein Mann, und sie waren allein auf einem herrlichen Fleckchen Erde.

Einen anderen Grund für die seltsame Stimmung, in der er sich befand, gab es nicht. Jedem anderen Mann wäre es ebenso ergangen. Doch er wußte, daß er sich jetzt selbst etwas vormachte. Er versuchte nur, sich zu beruhigen, weil er sich fürchtete, der Wahrheit ins Gesicht zu sehen.

Mariska schob die letzte Traube in den Mund und sagte:

»Soviel habe ich schon lange nicht mehr zu mir genommen. Fast hatte ich vergessen, wie köstlich ein Frühstück sein kann.«

»Darf ich Ihnen noch etwas bestellen?« fragte Lord Arkley.

Sie schüttelte den Kopf.

»Ich schäme mich bereits, daß ich so unmäßig gewesen bin.«

»Dazu gibt es überhaupt keinen Grund«, erwiderte er. »Am liebsten möchte ich Sie mit nach England nehmen. Dort müßten Sie jeden Tag drei richtige Mahlzeiten essen, damit Sie ein wenig voller würden.«

»Ich glaube nicht, daß mir das jemals gelingen wird«, sagte sie. »Manchmal denke ich, daß ich der einzige Mensch in Marienbad bin, der keine Probleme mit seinem Gewicht hat.«

»Die anderen versuchen ja auch erst gar nicht, abzunehmen. Sie trinken das Wasser und reden sich ein, daß es Wunder wirkt. Anschließend gehen sie auf die nächste Party und lassen keine der Köstlichkeiten aus, die dort serviert werden.«

Mariska war sich bewußt, daß dies eine Anspielung auf König Edward war, der als gewaltiger Esser bekannt war.

»Die Duchesse erzählte mir, daß sie vor zwei Jahren einmal auf einem Luncheon im Café Rübezahl war, das zu Ehren König Edwards und des Königs von Griechenland gegeben wurde. Das Menü begann mit gegrilltem *Fogosch*.«

»Für mich der köstlichste Donaufisch, den ich kenne«, unterbrach Lord Arkley sie.

»Ich schätze ihn auch sehr«, stimmte Mariska zu. »Aber nicht, wenn darauf noch Lammkotelett, gebratenes Rebhuhn und Prager Schinken in Aspik folgen.«

Lord Arkley lachte.

»Ich bin sicher, der König hat sich nichts davon entgehen lassen!«

»Die beiden Majestäten sprachen außerdem noch ausgiebig einem Früchtesalat zu, und wie die Duchesse berichtete, sagten sie auch nicht nein zu einigen sehr erlesenen österreichischen Weinen.«

»Ich könnte mir vorstellen, daß es keiner der beiden an den nächsten drei Tagen gewagt hat, sich auf die Waage zu stellen.«

Lord Arkley lächelte.

»Ich glaube«, sagte Mariska, »ich kann mir König Edward gar nicht spindeldürr vorstellen. Ich könnte mir denken, daß er dann sogar ziemlich unleidlich wäre. Die Frage ist eben, was steht einem Monarchen besser an: Leutseligkeit, Frohsinn und Freude am Leben oder eine schlanke Taille.«

»Ich stimme mit Ihnen überein«, erklärte Lord Arkley.

»Gleichzeitig macht seine Umgebung sich große Sorgen, daß sein Herz nicht stark genug sein könnte, um mit seiner Leibesfülle zurechtzukommen. Es wäre schrecklich, ihn zu verlieren. Was machte England ohne ihn?«

In seiner Stimme war ein Klang, der Mariska sagen ließ:

»Sie mögen ihn sehr, nicht wahr?«

»Ich halte ihn für einen großartigen Menschen. Und wenn jemand den Frieden in Europa garantieren kann, dann ist er es.«

Er sagte diese Worte in voller Absicht. Wenn Mariska ihrem Gemahl das Gesprochene widergeben sollte, dann war diese Bemerkung etwas, das die Deutschen nicht so gerne hören würden.

»Die Duchesse erzählte mir, daß manche Leute ihn den Onkel Europas nennen«, sagte Mariska.

»Das ist ein sehr passender Titel«, stimmte Lord Arkley zu. »Aber sprechen wir nicht über den König. Sprechen wir ganz kurz wenigstens auch von Ihnen. Weshalb besuchen Sie eigentlich nie Ihre Verwandten in England?«

»Das würde ich sehr gern tun«, erwiderte Mariska. »Mein Onkel, der Duke von Dorset, hat mich noch im vergangenen Jahr zu sich eingeladen.«

»Aber Sie mußten diese Einladung abschlagen?«

»Friedrich kann keine so weiten Reisen machen.«

Lord Arkley schwieg, und nach einer Weile sagte Mariska:

»Die Duchesse erzählte mir, daß in Ihrem Haus in Hampshire ganz wunderschöne französische Möbel zu bewundern seien.«

»Die ich Ihnen sehr gerne zeigen würde«, erwiderte Lord Arkley. »Außerdem besitze ich einige kostbare französische Gemälde und ein oder zwei Impressionisten, über die ich gerne Ihre Meinung hören würde.«

»Impressionisten?«

Mariskas Augen weiteten sich vor Bewunderung, dann sagte sie:

»Vor meiner Heirat erzählte mir Papa, daß er bei seinem Aufenthalt in Paris sehr beeindruckt vom Werk eines Monsieur Monet gewesen sei.«

»Ihr Vater und ich haben offensichtlich den gleichen Geschmack«, sagte Lord Arkley und lächelte.

»Ich hätte gern mehr über die Impressionisten gewußt«, sagte Mariska. »Sie sind so ungewöhnlich in ihrer Malweise und in ihrer Kunstauffassung. Aber in Deutschland ist alles Französische verschrien. In der Kunst läßt man dort nur das Herkömmliche gelten.«

»Und Sie teilen diese Auffassung nicht?«

»Vielleicht bin ich innerlich eine Rebellin. Ich habe mich schon immer für das Neue interessiert. Es gibt so viele neue Dinge in der Welt. Ich bedaure nur sehr, daß ich nicht die Gelegenheit habe, mehr darüber zu erfahren, geschweige denn, sie zu sehen.«

Die Traurigkeit war in ihre Augen zurückgekehrt. Er hätte sie gerne getröstet, ihr gesagt, daß auch für sie einmal bessere Zeiten kommen würden.

Aber woher sollte er die Gewißheit für eine solche Behauptung nehmen?

Prinz Friedrich war im gleichen Alter wie er – gerade neunundzwanzig –, und trotz seiner Behinderung konnte er uralt werden, wenn er sich nur, was das Trinken anging, festere Zügel anlegte.

Bei Mariska, so fürchtete er, würde es vielleicht anders sein. Sie würde die ständige Belastung auf die Dauer nicht durchstehen und eines Tages zweifellos darunter zusammenbrechen.

Sie lebte gleichsam auf einem Vulkan und in ständiger Angst. Kein Mensch hielt eine derartige Anspannung sehr lange aus.

»Woran denken Sie?« fragte er.

»Woran ich denke?« wiederholte sie seine Frage, während sie zum gegenüberliegenden Seeufer blickte. »Ich dachte, daß wir, wenn wir in ein Boot stiegen und über das Wasser ruderten – durch die Nebel und hinein in den Sonnenschein –, daß wir dann auf der anderen Seite des Sees vielleicht tatsächlich eine Welt finden würden, die von der jetzigen völlig verschieden ist.«

»Und woher wollen Sie wissen, ob sie besser ist als die unsere?« fragte Lord Arkley.

Mariska zuckte die Achseln. »Aber sie wäre wenigstens neu und – anders.«

Er schaute sie an. Dann sagte er:

»Ich glaube, ich hätte Ihnen nicht sagen dürfen, daß jeder Mensch die Möglichkeit hat, in eine andere Welt zu entfliehen.«

»Sie meinen – in Gedanken?«

»Ja. Mit Hilfe von Büchern. Mit Hilfe der Musik, der Kunst – der Bilder von Monet zum Beispiel.«

»Das ist es, was ich versuche«, gestand Mariska. »Aber es ist schwierig – sehr schwierig.«

»Vielleicht ist Ihr Versuch noch nicht entschlossen genug«, meinte Lord Arkley. »Vorhin, als sie in den Nebel schauten, da sah es für einen Moment so aus, als wäre Ihnen der Übergang gelungen. Schauen Sie zu den Tannen empor, stellen Sie sich vor, sie schwebten zwischen den Wipfeln und sähen und hörten Dinge, die wir von hier aus nicht wahrnehmen können.«

»Ja, ich werde es versuchen«, versprach Mariska ernsthaft und schaute ihn an.

Ihre Blicke begegneten sich, und beide wurden mit einem Mal sehr still.

»Vielleicht«, sagte sie mit einer Stimme, die nur noch ein Flüstern war, »werden – Sie dasein, wenn ich den Weg in diese andere Welt gefunden habe.«

»Ich werde es versuchen«, antwortete er. »Aber Sie sind

sich ja darüber im klaren, daß es nicht leicht sein wird. Für keinen von uns.«

Er wußte selbst nicht genau, was er mit diesen Worten meinte. Sie waren wie selbstverständlich über seine Lippen gekommen. Fast kam es ihm so vor, als würde ihm alles, was er zu Mariska sagte, von einer Macht außerhalb seines eigenen Ichs eingegeben.

Er konnte sich nicht erinnern, jemals mit einer Frau solche Gespräche geführt zu haben.

Aber er hatte ja auch noch nie zuvor mit der schönsten Frau, der er je im Leben begegnet war, zu morgendlicher Stunde am Ufer eines verträumten Waldsees gesessen.

Er mußte sich eingestehen, er war hingerissen von ihr. Sie besitzt etwas, dachte er, daß jede ihrer Geschlechtsgenossinnen neben ihr klein und unscheinbar erscheinen läßt.

Mariska ließ einen leisen Seufzer hören.

»Es wird mir unvergeßlich sein. Immer. Und ich werde auch nie vergessen, was Sie mir gesagt haben. Ich werde an Ihre Worte denken und versuchen, sie zu befolgen. Sie werden für mich das sein, was ein Rettungsring für einen Schiffbrüchigen auf hoher See ist.«

»Denken Sie daran, daß sich eine stürmische See auch wieder beruhigt«, sagte Lord Arkley.

Sie schenkte ihm ein kleines dankbares Lächeln, und Lord Arkley lächelte zurück. Dann rief er nach der Bedienung und verlangte die Rechnung. Es wäre ein großer Fehler gewesen, Prinz Friedrich dadurch zu verärgern, daß er Mariska zu lange vom Hotel ferngehalten hätte.

Schweigend ritten sie zurück, aber an der Art, wie Mariska um sich blickte, sah er, daß sie sich jede Einzelheit der Landschaft, jeden Baum und jeden Hügel einprägte. Jeder Blick, den sie tat, würde für sie ein neues

Tor in jene geheimnisvolle Welt sein, von der er gesprochen hatte.

Als die Dächer von Marienbad vor ihnen auftauchten, fragte er:

»Werden Sie morgen wieder mit mir reiten?«

»Nichts würde ich lieber tun«, erwiderte sie. »Aber ich werde wohl kaum noch einmal die Erlaubnis dazu bekommen, und vielleicht . . .«

Sie zögerte, und Lord Arkley sagte hastig:

»Sprechen Sie es nicht aus. Ich habe Ihnen eben schon versichert, daß es außer Ihnen niemanden gibt, an dessen Begleitung mir etwas liegt.«

»Ich fürchte, Sie zu langweilen.«

»Sie wissen, daß dies nicht der Fall ist.«

»Und Sie wissen das – bestimmt?«

»Sie sollten sich über meine Gefühle nicht den Kopf zerbrechen. Denken Sie an die geheimnisvolle Welt, die Sie zu finden hoffen.«

»Sie wissen, daß ich das tun werde«, erwiderte Mariska. »Jeden Augenblick werde ich daran denken. Immer – vor allem, wenn ich allein bin.«

Eine Zeitlang schwiegen sie, dann sagte Mariska:

»Ich las gestern den Spruch: Wenn ein Mensch sich nach einem Lehrmeister sehnt, wird er ihn bekommen.«

Lord Arkley lächelte.

»Ich fürchte, Sie schmeicheln mir. Und gleichzeitig habe ich den Verdacht, Sie lesen das gleiche Buch wie ich. Ihr Lehrmeister muß also nicht unbedingt ein Mensch sein.«

Er sah die Verwirrung auf ihren Zügen und fuhr fort:

»Hilfe kann man an den verschiedensten Orten der Welt finden: in einer Kirche, auf dem Gipfel eines Berges oder in einem Ruderboot auf einem See.«

»Natürlich«, rief Mariska. »Warum habe ich daran nicht schon vorher gedacht?«

Verlegen fügte sie hinzu:

»Und doch glaube ich immer noch, daß Gott Sie mir zu meiner Hilfe gesandt hat.«

»Das hoffe ich«, antwortete Lord Arkley.

Sie ritten weiter auf das Hotel zu, und es war kurz vor neun, als Mariska die Treppe hinaufeilte.

Sie öffnete die Tür der Suite und stellte voller Verzweiflung fest, daß Prinz Friedrich schon beim Frühstück saß. Als sie den Salon betrat, hob er den Kopf, sagte jedoch nichts. Er schien sich nicht beim Essen stören zu lassen.

»Guten Morgen, Friedrich«, sagte Mariska. »Es war sehr lieb von dir, mich heute morgen mit Lord Arkley ausreiten zu lassen. Ich habe den Ritt sehr genossen.«

Sie wußte, daß er ihre Worte als eine Taktlosigkeit deuten konnte, weil sie ihm in Erinnerung brachten, auf was er alles verzichten mußte.

Gleichzeitig jedoch durfte sie nicht so tun, als hätte sie kein Vergnügen an dem Ritt gehabt, denn dann würde er ihr nicht noch einmal die Erlaubnis dazu geben.

»Möchten Ihre Königliche Hoheit auch etwas zu sich nehmen?« fragte Josef, während er hinzueilte, um einen Stuhl für Mariska heranzuziehen.

»Ja, eine Tasse Kaffee hätte ich ganz gern«, antwortete Mariska, die es für einen Fehler hielt, alles abzulehnen.

Sie wußte, sie würde es nicht übers Herz bringen, Friedrich von dem kleinen Café am See zu berichten, wo sie mit Lord Arkley gefrühstückt hatte.

Es war für sie ein geheimer Ort, an dem sie allein miteinander gewesen waren, und Mariska hätte mit niemandem darüber reden können. Es wäre ihr wie eine Entweihung, wie der Verrat des Geheimnisses vorgekommen, das diesen See umgab.

Prinz Friedrich stieß den leeren Teller zurück, und während er Mariska prüfend anschaute, fragte er:

»Well, was hast du mit ihm gesprochen?«

»Mit Lord Arkley?«

»Mit wem denn sonst? Ich habe dir aufgetragen, dir jedes Wort, das er sagt, genau einzuprägen. Hast du mit ihm über König Edward gesprochen?«

»Ja. Lord Arkley war auch der Meinung, daß er ein sehr leutseliger, liebenswürdiger Mensch ist.«

»Und was noch?«

»Daß er gerne ißt und trinkt.«

»Das ist allgemein bekannt. Was hat er sonst noch gesagt?«

»Er erzählte einige heitere Anekdoten über die verschiedenen Reisen und Besuche des Königs.«

»Sprach er auch über Deutschland?«

»Nein.«

»Über Frankreich?«

»Nur von einer Reise nach Paris vor zwei Jahren, auf der er den König begleitete.«

Sekundenlanges Schweigen.

Dann ließ Prinz Friedrich plötzlich – so plötzlich, daß Mariska vor Schreck fast aufgesprungen wäre – die Faust auf die Tischplatte niedersausen.

Die Teller, Tassen und Untertassen klirrten.

»Du bist verdammt begriffsstutzig – oder soll ich sagen querköpfig!« schrie er. »Wenn ich dich heute morgen ausreiten ließ, dann nur, weil ich hoffte, einige Neuigkeiten zu erfahren. Weiß Gott, ich habe kaum noch eine Freude am Leben. Aber ich könnte immerhin versuchen, durch dich noch einiges vom Weltgeschehen mitzubekommen!«

Mariska war gerührt.

»Es tut mir leid, Friedrich. Ich habe nicht gedacht, daß du dich für das interessieren würdest, was Lord Arkley und ich miteinander sprechen würden.«

»Nun, ich interessiere mich aber dafür. Und deshalb

mach deinen Mund auf und laß dir nicht jeden Wurm einzeln aus der Nase ziehen.«

Verzweifelt versuchte Mariska, sich daran zu erinnern, über wen sonst sie noch gesprochen hatten – außer über sich selbst. Und da sie sehr aufgeregt war, hatte sie nicht die Ruhe, sich jedes Wort, das sie nun sagte, genau zu überlegen.

»Ich sagte zu Lord Arkley, ich hätte – gehört, daß man König Edward den Onkel Europas nenne«, stotterte sie. »Und Lord Arkley meinte, der . . . der Name passe ausgezeichnet zu König Edward. Denn wenn es jemand gebe, der fähig sei, den Frieden in Europa aufrechtzuerhalten, dann sei er es.«

»Den Frieden aufrechterhalten!« Prinz Friedrich schnaufte verächtlich. »Glaubst du, jemand, der das will, hetzt Frankreich ständig gegen Deutschland auf?«

»Ich glaube nicht, daß er das vorhat!«

»So, das glaubst du nicht!« schnarrte der Prinz. »Bülow sprach von König Edwards ›Festlandsdolch‹. Das ist etwas, worüber ich mehr erfahren möchte. Und das ist es, wonach du Lord Arkley fragen sollst.«

Die letzten Worte hatte er laut hinausgeschrien. Mariska konnte nur hoffen, daß Lord Arkley in der Suite nebenan sie nicht verstanden hatte.

Jäh überfiel sie die Angst, daß er nie wieder ein Wort mit ihr wechseln würde, wenn er erfuhr, daß sie ihn aushorchen sollte, um alles an Friedrich weiterzugeben.

Gleichzeitig befürchtete sie, es könnte noch jemanden außer Friedrich geben, der an dem, was Lord Arkley mit ihr gesprochen hatte, interessiert war.

Dann schalt sie sich eine Närrin. Wie kam sie nur auf einen so absurden Gedanken.

Lord Arkley war ein viel zu erfahrener Mann, als daß er über Dinge sprach, die für einen General von Eckartstein oder Admiral Senden von Interesse sein könnten.

Sie versuchte sich zu beruhigen. Friedrich war nun einmal ein sehr schwieriger Mensch. Vielleicht empfand er sogar etwas wie Eifersucht auf Lord Arkley, obwohl sie sich das kaum vorstellen konnte, da sie doch wußte, wie sehr er sie haßte und ausschließlich ihr die Schuld für sein Siechtum gab.

Angestrengt überlegte sie, ob Lord Arkley nicht doch noch eine weitere Bemerkung über den König gemacht hatte. Doch es fiel ihr nichts ein.

Da Friedrich sie finster anstarrte und sie sich nicht vorstellen konnte, womit sie ihn verärgert und enttäuscht hatte, erhob sie sich und sagte:

»Ich muß mich umkleiden. Ich möchte nicht, daß du warten mußt, wenn es Zeit für den Weg zum Kreuzbrunnen ist.«

»Wenn du nicht rechtzeitig fertig bist, werde ich ohne dich gehen«, entgegnete Prinz Friedrich automatisch.

Und als sie in der Tür stand, setzte er hinzu: »Ich nehme an, du möchtest morgen früh wieder mit Arkley ausreiten.«

Mariska verharrte, als wäre der Blitz eingeschlagen. Dann wandte sie sich bewußt langsam um.

»Das würde ich gerne, wenn du es mir erlaubst.«

»Ich werde es dir erlauben, so lange du mir Informationen und Neuigkeiten mitbringst, die interessanter sind als die von heute morgen. Gott weiß, was ich erdulden muß, eingesperrt in dieses Loch hier und mit nichts anderem um die Ohren als deinem einfältigen Geschwätz Tag für Tag. Aber jetzt hast du die Gelegenheit, mit einem Mann von Welt zu sprechen, und deshalb solltest du das bißchen Verstand gebrauchen, das du hast, und mir alles berichten, was er dir sagt.«

»Ich werde mein – Bestes tun, Friedrich«, versprach Mariska. »Und danke, daß du mir erlaubst, auch morgen früh – wieder auszureiten.«

Sie huschte aus dem Raum, während ihr Herz jubilierte und sie es kaum fassen konnte, daß sie die Möglichkeit haben würde, Friedrich noch einmal für einige Stunden zu entfliehen.

Beim Umkleiden ging ihr der Gedanke nicht aus dem Sinn, daß Lord Arkley sie in eine Zauberwelt entführt hatte, die ihr bis dahin völlig unbekannt gewesen war.

Sie hatte das Gefühl, als wäre sie in der Gefahr gewesen, in einem Morast der Verzweiflung und Hoffnungslosigkeit zu versinken. Und plötzlich hatte er ihr die Hand entgegengestreckt und sie herausgezogen.

»Er ist wundervoll«, flüsterte sie. »Durch und durch wundervoll.«

Sie begann damit, die Stunden und Minuten zu zählen, die vergehen mußten, bis sie ihn wiedersehen durfte.

Lord Arkley dachte an Mariska, während er sich mit Hawkins Hilfe ankleidete. Wie sie ihn angeblickt hatte, als er ihr von der anderen, geheimnisvollen Welt erzählte!

Woher wußte ich nur so genau, was ich ihr sagen mußte? dachte er. Wie kam es, daß ich ausgerechnet diese Worte für sie fand? Mein Gott, ich könnte schwören, daß mir solche Dinge nie zuvor durch den Kopf gegangen sind.

Es mußte der Nebel über dem See gewesen sein, die Schönheit der hohen Tannen, der Glanz und die Klarheit des Wassers zu ihren Füßen, die ihn genauso verzaubert hatten wie Mariska. Dabei war er beileibe kein Romantiker. Er konnte sich nicht erinnern, jemals im Leben solche Anwandlungen verspürt zu haben.

»Sie ist anders als alle Frauen, die ich bisher gekannt habe«, sagte er zu sich selbst und wußte, daß er mit einer ungewöhnlichen Intensität hoffte, sie auch am nächsten Morgen wieder auf den Ausritt mitnehmen zu können.

»Eine Botschaft von Seiner Majestät, M'lord«, sagte Hawkins und unterbrach seine Gedankengänge.

»Was gibt es denn?«

»Seine Majestät möchte Sie in seiner Suite sprechen, sobald er vom Kreuzbrunnen zurückgekehrt ist.«

Lord Arkley warf einen Blick auf seine Uhr.

»Dann ist es ja schon soweit«, antwortete er. »Haben Sie gesagt, daß ich ausgeritten bin?«

»Ja, M'lord.«

Lord Arkley griff nach Stock und Hut.

»Ich bin also auf dem Weg zu Seiner Majestät.«

Er seufzte. Am liebsten hätte er erst die Post geöffnet und in Ruhe die Zeitungen gelesen. Aber er wußte, es würde den König beunruhigen, wenn er nicht jederzeit für ihn erreichbar war.

Während er dem anderen Ende des Korridors zustrebte, erinnerte er sich an Prinz Friedrichs Worte, der den König einen Sklaventreiber genannt hatte. Und Sir Henry Campbell-Bannerman hatte sich stöhnend darüber ausgelassen, wie anstrengend es sein könne, zur Menagerie Seiner Majestät zu gehören. Ganz so falsch lagen die beiden nicht mit ihrer Bemerkung; König Edward konnte einem oft wirklich auf die Nerven gehen.

Der König saß allein in seinem Salon, und Lord Arkley sah ihm an, daß er bereits auf ihn gewartet hatte.

»Guten Morgen, Arkley«, sagte er. »Ich hörte, Sie haben einen Morgenritt hinter sich.«

»Ja, Sir.«

»Allein?«

Die Frage klang so, daß Lord Arkley sicher war: der König kannte die Antwort bereits. Doch es wäre gegen die Spielregeln gewesen, hätte er sich das anmerken lassen.

»Prinz Friedrich bat mich, Prinzessin Mariska mitzunehmen«, entgegnete er. »Ich konnte ihm die Bitte schlecht abschlagen.«

»Sie haben natürlich keine Ahnung, weshalb er ausgerechnet Sie dazu ansprach?«

»Keine, Sir.«

Er war entschlossen, jeglichen Verdacht von Mariska fernzuhalten, gleichgültig, wie jemand auch über den Prinzen denken mochte.

Der König lächelte.

»Sie ist sehr attraktiv. Schon als Kind fiel sie mir auf, und wenn sie nicht die Frau dieses betrunkenen Scheusals wäre, würde sie eine große Schönheit sein.«

Lord Arkley war zwar der gleichen Meinung, hielt es jedoch für klüger, dies nicht zu äußern.

Der König schwieg einen Augenblick, dann sagte er:

»Setzen Sie sich doch!« Wieder folgte eine kurze Pause, bevor er fortfuhr: »Haben Sie eine Ahnung, weshalb Eckartstein vorgestern in Marienbad war? Und weshalb er Prinz Friedrich einen Besuch machte?«

»Ja, Sir.«

»So?« Der König vermochte seine Überraschung nicht zu verbergen. »Weshalb also? Nun reden Sie schon, Arkley!«

»Ich kann einen Irrtum natürlich nicht völlig ausschließen, aber ich nehme an, daß die deutsche Oberste Heeresleitung gerne wissen möchte, welche Neuigkeiten ich von meinem Besuch in Deutschland mitgebracht habe. Und außerdem können sich die Herren immer noch keinen Reim auf Ihre Einladung der französischen Flotte nach Spithead machen.«

Noch bevor die Deutschen sich in Tanger quergelegt und den Erfolg der Konferenz boykottiert hatten, war von der englischen Regierung im März eine offizielle Einladung an Frankreich zu einem Flottentreffen in Spithead ergangen.

Die Franzosen hatten die Einladung angenommen, und der Marineminister, Admiral Fisher, begann unverzüglich damit, die Vorbereitungen nicht nur für diese Begegnung, sondern auch für einen Besuch der britischen Atlantikflotte in Brest zu treffen.

Nach dem Boykott der Deutschen in Tanger hatte der König sich persönlich um das Programm für die beiden Flottenbesuche bemüht, und er war gewillt, sie zu einer Demonstration der englisch-französischen Freundschaft zu machen.

England und Frankreich galten zwar noch nicht als offizielle Verbündete, aber sie waren sich – genau wie England und Rußland – in den letzten Jahren sichtlich nähergekommen.

Noch nie zuvor waren fremde Schiffe an der britischen Küste so freundschaftlich empfangen worden wie die sechs Kreuzer und sechs Zerstörer unter dem Oberkommando von Admiral Caillard.

Anfang August, während Lord Arkley sich in Deutschland aufhielt, waren sie in Portsmouth vor Anker gegangen.

Dennoch wußte er, mit welcher Wärme die Franzosen von König Edward begrüßt worden waren. Er hatte mehrere der Schiffe besucht und mit den Offizieren getafelt. Seine Toasts auf Frankreich waren voller Herzlichkeit gewesen, und er hatte immer wieder die persönliche Freundschaft betont, die ihn mit dem französischen Präsidenten verband.

Kein Wunder, daß die Deutschen ständig nervöser wurden, daß die Furcht vor geheimen Bündnissen, die hinter ihrem Rücken geschlossen wurden, ständig wuchs.

»Auch Admiral von Senden weilt in Marienbad«, fuhr Lord Arkley fort. »Angeblich zur Kur.«

»Ich hörte davon«, sagte der König. »Und Sie halten es

für bedeutungsvoll, daß seine Ankunft mit der Ihren zusammentraf?«

»Zumindest ist es auffallend, finde ich, Sir.«

»Sie könnten recht haben, Arkley. Ich traue den Deutschen nicht. Vor allem nicht meinem Onkel.«

Lord Arkley schwieg. Er wartete mit einer Antwort, da er wußte, daß der König nicht gern unterbrochen wurde, wenn er dabei war, einen Gedanken zu entwickeln und zu Ende zu denken.

»Was mir Sorgen macht«, sagte der König nach einer Pause, »ist die Tatsache, daß Wilhelm sich von seinen Generälen in den Krieg hetzen läßt. Sie werden ihn so lange bedrängen, bis er zu den Waffen greift. Er wird nicht den Mut haben, sie zur Vernunft zu bringen, weil er nicht möchte, daß man ihn für einen Feigling hält. Es ist nicht seine Willensstärke, die den Krieg auslösen wird, sondern seine Schwäche.«

»Glauben Sie das wirklich?«

»Ich kann nur beten, daß ich mich irre«, erwiderte der König. »Weiß Gott, niemand kann ernsthaft einen Krieg wünschen. Aber wir sollten den Tatsachen ins Auge schauen, Arkley.«

»Und wie sehen die Ihrer Meinung nach aus?«

»Daß der Kaiser glaubt, seine Sendung wäre es, der größte Monarch der Welt zu werden. Ein Mensch, der von Gott den Auftrag hat, Deutschland zur mächtigsten Nation Europas zu machen.«

Lord Arkley seufzte. Dann sagte er: »Wenn irgend jemand das verhindern kann, sind Sie es, Sir.«

»Wenn das Glück auf meiner Seite ist, wird mir das auch gelingen«, war die Antwort des Königs. »Aber ich frage mich immer wieder, was geschehen wird, wenn ich nicht mehr lebe.«

V

Josef betrat den Salon, wo Mariska wartete.

»Seine Königliche Hoheit sind eingeschlafen, meine Prinzessin.«

»Sind Sie sicher, Josef, daß er mich nicht mehr braucht?«

»Ja, Eure Königliche Hoheit. Die Behandlung des Arztes war heute sehr anstrengend.«

Er machte eine Pause und seufzte, bevor er sagte:

»Ich befürchte nur, Eure Königliche Hoheit, daß sie nur wenig bewirken wird.«

»Ich glaube, das ist uns beiden bewußt, Josef. Andererseits bin ich der Meinung, daß wir so lange damit fortfahren sollten, wie Seine Königliche Hoheit an die Wirkung glaubt.«

Der Diener sah sie verständnisvoll an.

Er wußte besser als jeder andere, was geschehen würde, wenn es keine Behandlungen, Untersuchungen und Kurmaßnahmen für den Prinzen mehr gab. Er würde sich endgültig zum Teufel wandeln. Seine Tobsuchtsanfälle würden sich ins Maßlose steigern, und die beiden Menschen, die am stärksten darunter zu leiden hatten, würden die Prinzessin und er sein.

Josef sprach mit niemandem über die Beleidigungen, die er im Umgang mit dem Prinzen einstecken mußte – wenn er ihn wusch, ankleidete oder zu Bett brachte, nachdem Friedrich getrunken hatte, bis ihm das Glas aus der Hand glitt.

Doch obwohl Josef nicht sehr groß war, verfügte er über ungewöhnliche Körperkräfte. Außerdem funktionierten seine fünf Sinne ausgezeichnet, und er verfügte über eine erstaunliche Geistesgegenwart. Er hatte keinerlei Schwierigkeiten, den Schlägen des Prinzen auszuweichen, wenn diesen ganz plötzlich die Wut überfiel und er wahnsinnig zu werden glaubte, falls er nicht irgendeinem Menschen Schmerz zufügen oder irgendwelche Gegenstände zerstören konnte.

Tatsache jedenfalls war, daß Prinz Friedrich seinen Diener bald in Ruhe ließ. Josef war ihm kräftemäßig überlegen, und außerdem stand für den Kranken fest, daß er ohne die Dienste des Dieners völlig hilflos war.

Und noch etwas war bezeichnend für das Verhältnis zwischen Herr und Diener: Obwohl der Prinz ein Tyrann war, respektierte er den Mut und den Stolz des Mannes, der sich entschieden weigerte, vor ihm zu kriechen und sich von ihm zum Hanswurst machen zu lassen.

Was Mariska betraf, lagen die Dinge anders.

Sie war eine Frau, und als solche hatte sie sich zu unterwerfen und zu fügen. Hinzu kam, daß Friedrich nur deshalb gelähmt war, weil er sie geheiratet hatte. Eine Tatsache, die Mariska auf ewig mit einem schlechten Gewissen belasten, ihr auf ewig das Bewußtsein der Schuld und eine Haltung der Zerknirschung vermitteln sollte.

»Wenn Sie ganz sicher sind, daß seine Königliche Hoheit mich nicht mehr brauchen wird, würde ich gern der Duchesse einen Besuch machen«, sagte Mariska leise.

Josef blickte auf die Uhr.

»Wenn Eure Königliche Hoheit bis fünf wieder zurück sind, dürfte es kein Problem sein.«

Mariska schenkte ihm ein dankbares Lächeln und verließ das Zimmer.

An diesem Tag war sie glücklich, obwohl Friedrich beim Lunch wieder einmal sehr ausfällig zu ihr gewesen war.

Zum erstenmal hatten seine Beleidigungen und Wutausbrüche ihr nichts anhaben können. Immer noch hatte sie das Gefühl, in der anderen Welt jenseits der Nebel zu weilen, die sie an diesem Morgen betreten hatte.

Während Prinz Friedrich nach dem Besuch bei der Quelle seine Massage bekam, hatte sie nicht wie sonst gelesen, sondern in dem häßlichen Warteraum gesessen und die Augen geschlossen. Sie hatte die schimmernde Wasserfläche des Sees vor sich gesehen, während sie Lord Arkleys Nähe spürte und die Worte hörte, die er sprach.

Es kam ihr unwahrscheinlich vor, unfaßbar, daß sie sich mit ihm auf eine Weise unterhalten hatte, wie noch nie mit einem Menschen, geschweige denn mit einem Mann.

Und morgen würde sie wieder mit ihm reiten. Dieser Gedanke gab ihr Kraft und Zuversicht. Was er auch vom Leben im Heute gesagt hatte, für sie stand eins unverrückbar fest: Leben, richtig leben würde sie erst wieder, wenn sie an seiner Seite ritt und wußte, daß er da und sie mit ihm allein war.

Sie erreichte die Suite der Duchesse. Als das Mädchen ihr die Tür öffnete, stellte sie erleichtert fest, daß die alte Dame keinen Besucher hatte.

Kein Herrenhut, kein Stock war in der Garderobe zu sehen, und kein Stimmengemurmel drang aus dem Salon.

»Ihre Königliche Hoheit Prinzessin Mariska!« meldete der Diener. Die Duchesse stieß einen Entzückensruf aus und streckte Mariska zur Begrüßung beide Hände entgegen.

»*Ma petite,* wie nett, dich zu sehen!« rief sie. »Ich hatte gehofft, es würde dir möglich sein zu kommen.«

Mariska durchquerte den Raum, und als sie sich niederbeugte, um die Wange der Duchesse zu küssen, sagte diese:

»Du siehst wundervoll aus, mein Kind. Und so verändert.«

Ihre scharfen Augen musterten Mariskas Gesicht. Dann fügte sie hinzu:

»Du bist glücklich. Was ist geschehen?«

Mariska lachte.

»Es ist unmöglich, etwas vor Ihnen zu verbergen. Ja, ich bin glücklich. Ich hatte einen wundervollen Morgen.«

»Der Ritt mit Lord Arkley?«

»Sie wissen es schon?«

»Natürlich. Du glaubst doch nicht ernsthaft, in diesem Hotel könnte etwas unbemerkt bleiben. Henry, mein Diener, war mit meinem kleinen Hund unten und sah dich fortreiten.«

»Es war herrlich, endlich wieder einmal im Sattel zu sitzen.«

»Und das in Gesellschaft eines so attraktiven Mannes«, vollendete die Duchesse.

Mariska errötete, und die Duchesse sagte:

»Ich will mich nicht über dich lustig machen. Ich freue mich so sehr, daß du von deinen Pflichten wenigstens für eine Zeitlang entbunden warst.«

»Ich war fassungslos, absolut fassungslos, als Friedrich mir den Vorschlag machte«, sagte Mariska. »Ich wollte schon gestern kommen, um Ihnen davon zu berichten. Aber ich hatte Angst, auch nur darüber zu sprechen, bevor es tatsächlich dazu gekommen war.«

»Du meinst, für den Fall, daß Friedrich es sich anders überlegte«, meinte die Duchesse sachlich.

Mariska nickte.

»Ich weiß nicht, wer ihm diese Idee eingegeben hat,

doch das ist mir auch völlig gleichgültig. Was zählt, ist nur, daß er mir erlaubte, endlich wieder einmal auszureiten. Und stellen Sie sich vor, auch für morgen früh hat er es mir erlaubt!«

Einen Moment lang schwieg die Duchesse. Dann fragte sie, jedes Wort sorgfältig auswählend:

»Und was hältst du von Lord Arkley?«

»Er ist so liebenswürdig, so ganz anders, als alle Männer, denen ich bisher begegnet bin.«

»Ja, auch ich fand ihn sehr charmant.«

»Er hat Sie besucht?«

»Ja, er kam gestern morgen, gleich nachdem du ihm meine Grüße bestellt hattest. Wir sprachen über seine Mutter. Ich glaube, wenn Leila ihren Sohn jetzt sehen könnte, wäre sie sehr stolz auf ihn.«

»Er ist sehr – intelligent.«

»Was für die meisten Frauen, die er kennt, kaum von Bedeutung ist.«

»Ich dachte immer, daß es die Männer sind, die keine klugen Frauen mögen.«

Die Duchesse lächelte.

»Das hängt ganz davon ab, wie sie ihre Klugheit zeigen. Was ein Mann haßt, ist, wenn eine Frau versucht, ihn zu beherrschen, wenn sie ihm ständig beweisen will, daß sie klüger ist als er.«

»Mit anderen Worten, sie ist dazu verurteilt, die Demütige und Unterwürfige zu spielen«, sagte Mariska.

»Das habe ich damit nicht gemeint«, entgegnete die Duchesse mit leichter Schärfe in der Stimme. »In Frankreich haben Frauen regiert seit den Tagen einer Diane de Poitiers. Aber sie haben es so geschickt angefangen, daß die Männer gar nicht merkten, wie sie von ihnen gegängelt wurden.«

»Ich habe wirklich nicht den Wunsch, jemanden zu gängeln.« Mariska lächelte. »Ich wäre glücklich, einen

Mann zu haben, der mich viele Dinge lehrt, weil ich weiß, wie unwissend und unerfahren ich bin.«

»Ich bin sicher, das würde jedem Mann gefallen«, erwiderte die Duchesse. »Vor allem, wenn es sich um die Unterweisung in den Dingen der Liebe handelte.«

Als fühlte sie eine gewisse Verlegenheit über die Wendung, die das Gespräch zu nehmen schien, sagte Mariska rasch:

»Ich möchte nicht über mich reden. Ich möchte über Sie reden, Madame. War der König noch einmal bei Ihnen?«

»Er kommt heute nachmittag zum Tee zu mir, und das heißt natürlich, daß es heute viele schöne Damen geben wird, die in ihren nach schwerem Parfüm duftenden Boudoirs sitzen und vergeblich auf ihn warten werden. Die Zahl der Ladys, die mir gern die Augen auskratzen würden, dürfte damit wieder um einige Dutzend angewachsen sein.«

Sie sprach mit einer solchen Genugtuung, daß Mariska laut auflachte.

»Parfümieren die Ladys wirklich ihre Zimmer?«

»Natürlich. Außerdem tragen sie diese höchst unschicklichen, schamlosen ›Teekleider‹, die nichts anderes sind als bessere Nachtgewänder.«

Auf Mariskas Gesicht erschien ein Ausdruck, der der Duchesse verriet, daß ihre junge Besucherin jetzt nicht an den König, sondern an Lord Arkley dachte, der von solchen Damen umgarnt wurde.

»Solche *affaires de coeur* sind nicht ernst gemeint«, sagte die Duchesse sanft. »Sie dienen nur dazu, die Zeit totzuschlagen. Liebe, wirkliche, echte Liebe ist etwas ganz anderes. Sie braucht keine parfümierten Boudoirs und verführerischen Teegewänder.«

Mariska gab keine Antwort. Als sie den Kopf hob und die Duchesse anschaute, hatte sie den Eindruck, der Blick ihrer mütterlichen Freundin verrate Mitleid, weil sie glaubte, daß es in Mariskas Leben für die Liebe keinen Platz gäbe.

»Verzweifle nicht, *ma petite*«, sagte sie warm. »Alles geht vorüber, auch das Unglück.«

»Ich muß versuchen, an nichts anderes zu denken, als daran, daß Friedrich gesund wird«, erwiderte Mariska tapfer.

Entschlossen, nicht weiter von sich zu sprechen, sagte sie mit veränderter Stimme:

»Oh, jetzt fällt mir wieder ein, was ich Sie fragen wollte – weil Sie doch so viele Leute kennen. Haben Sie schon einmal von einer Baronesse von Kettler gehört?«

Die Haltung der Duchesse versteifte sich. Erstaunt blickte die alte Dame Mariska an.

»Baronesse von Kettler?« wiederholte sie. »Warum erkundigst du dich nach ihr?«

»Jemand nannte ihren Namen«, antwortete Mariska zögernd. »Ich habe mich nur gefragt, wer sie ist.«

»Gut, mein Kind, ich werde dir alles über sie erzählen«, sagte die Duchesse. »Zumindest alles, was wahrscheinlich jeder über diese ungewöhnliche Frau weiß.«

»Wieso ist sie ungewöhnlich?«

»Vielleicht würde ich besser sagen, ihre Karriere ist ungewöhnlich«, erwiderte die Duchesse. »Es wird erzählt, sie solle früher in einem billigen Café getanzt und gesungen haben. Aber niemand weiß mit Sicherheit, ob es wirklich so war.«

»Sie war also eine Art Künstlerin?«

»Das wäre eine sehr vornehme Bezeichnung dafür«, entgegnete die Duchesse ausdruckslos. »Auf sich aufmerksam machte sie erst, als sie sich an den armen alten Baron von Kettler heranmachte, einen steinreichen Witwer, und ihn zu umgarnen begann.«

»Und er heiratete sie?«

»Er heiratete sie und führte sie in die Gesellschaft ein

mit dem triumphierenden Gehabe eines Zauberers, der ein Kaninchen aus seinem Hut zieht.«

»Und sie fand Anerkennung in der Gesellschaft?«

»Nicht in den Kreisen, zu denen du, Friedrich und ich gehören. Doch außerhalb der Fürstenhöfe dürfte es schwierig sein, einem Baron von Kettler die Tür zu verschließen.«

»Und die Baronesse ist Deutsche?«

»Nein. Sie ist eine Mischung aus vielen Nationalitäten. Man behauptet, in ihren Adern fließe türkisches oder ägyptisches Blut. Aber keiner weiß etwas Genaues. Sie soll, glaube ich, einmal gesagt haben, daß ihr Vater Pole war.«

»Und sie ist – schön?«

»Es ist nicht die Art von Schönheit, die ich bewundere.« Die Stimme der Duchesse klang scharf. »Aber sie ist schon recht eindrucksvoll mit ihren Mandelaugen, dem roten Haar und dem sinnlichen Gang, der mich immer an eine Raubkatze erinnert.«

Mariska hatte gebannt zugehört.

Wenn die Baronesse eine solche Frau war, weshalb hatte General von Eckartstein dann gedroht, man würde die Baronesse nach Marienbad schicken, wenn Friedrich mit der Durchführung dessen, was der Kaiser von ihm wünschte, nicht zurechtkomme?

Sie erinnerte sich genau an seine Worte:

»Wie Sie wissen, ist sie eine sehr verführerische Frau, die uns in der Vergangenheit schon außerordentlich gute Dienste geleistet hat.«

Ganz plötzlich wußte sie, was mit diesen »Diensten« gemeint war.

Mit vor Aufregung bebender Stimme fragte sie die Duchesse:

»Glauben Sie, daß die Baronesse eine – Spionin ist?«

»Daran besteht überhaupt kein Zweifel«, antwortete

die Duchesse. »Sie war in jedes Komplott verwickelt, das hinter den geschlossenen Türen des deutschen Geheimdienstes in Berlin ausgebrütet wurde.«

Sie bemerkte Mariskas entsetzten Gesichtsausdruck und fuhr fort:

»Es war die Baronesse, die unter den jungen Diplomaten in Paris eine solche Verwirrung anrichtete, daß der Staatspräsident persönlich einschritt und der Baronesse polizeiliche Maßnahmen androhte.«

Sie schwieg nachdenklich. Ihre Stirn war gekraust, als sie sagte:

»Es hat da auch irgendeinen Skandal gegeben – leider habe ich die Einzelheiten vergessen. Ich weiß nur noch, daß es irgend etwas mit Spanien zu tun hatte. Man bemühte sich auch krampfhaft, die Dinge zu vertuschen. Niemand wußte Genaueres. Eins allerdings stand fest: Die Baronesse hatte die Finger im Spiel, war sogar der Anlaß dafür.«

»Aber warum . . .«, begann Mariska, dann brach sie ab.

Wie bei einem Puzzle fügten sich plötzlich die Steine zu einem Bild zusammen. Sie begann die Zusammenhänge zu begreifen.

Die ganze Sache hatte etwas mit König Edward und Lord Arkley zu tun. Sie waren der Grund, weshalb Baron von Eckartstein und Admiral von Senden Friedrich einen Besuch abgestattet hatten.

Ihnen war bekannt, daß er in der Vergangenheit schon einmal mit Lord Arkley zusammengetroffen war und daß dieser eine Zeitlang in Wildenstein geweilt hatte.

Im Auftrag des Kaisers hatten die beiden Friedrich um Hilfe gebeten. Er sollte versuchen, bestimmte Dinge, die sie unbedingt wissen wollten, aus Lord Arkley herauszulocken.

Friedrich hatte es dann zunächst auf der Dinnerparty versucht, zu der er Lord Arkley eingeladen hatte. Als dieser Versuch scheiterte, hatte er sie, Mariska, eingesetzt.

Jetzt endlich verstand sie auch, weshalb er jedes Wort, das sie an diesem Morgen mit Lord Arkley gewechselt hatte, wissen wollte. Jetzt verstand sie, weshalb Friedrich ihr erlaubt hatte, auch am folgenden Morgen mit dem englischen Gentleman auszureiten.

Sekundenlang erschien es ihr unmöglich, daß man sie dazu mißbrauchen wollte, einen anderen Menschen auszuhorchen. Zudem auch noch einen Engländer, wo sie doch selbst englisches Blut in den Adern hatte.

Mariska war fassungslos. Sie konnte an eine solche Niedertracht nicht glauben, mußte sich jedoch eingestehen, daß sie es eigentlich von Anfang an hätte wissen müssen. Drei Jahre lang hatte der Kaiser Friedrich ignoriert. Wenn er jetzt plötzlich wieder den Kontakt mit ihm aufgenommen hatte, mußte das einen Grund haben. Aus reiner Menschenfreundlichkeit geschah dies gewiß nicht.

Überwältigt von dieser Erkenntnis und ohne sich richtig bewußt zu sein, was sie tat, erhob sich Mariska und ging zum Fenster.

Die Duchesse beobachtete sie aufmerksam, dann sagte sie ruhig:

»Es ist immer gut, mein liebes Kind, den Tatsachen ins Auge zu schauen, mögen sie noch so unangenehm sein.«

»Und wenn diese Tatsachen einen entsetzen und abstoßen?«

»Die Esterházys haben sich immer durch Mut und Entschlossenheit ausgezeichnet.«

»Es ist keine Frage des Mutes und der Entschlossenheit«, erwiderte Mariska. »Es ist eine Frage der Unwissenheit und Hilflosigkeit – der Ohnmacht.«

»In einem solchen Fall bin ich stets dem Diktat des Herzens gefolgt«, antwortete die Duchesse.

Mariska schwieg. Die Stille, die entstand, war so tief, daß sie glaubte, den eigenen Herzschlag zu hören. Und dennoch wußte sie, daß die Duchesse ihr die Antwort auf ihr Problem gegeben hatte.

Sie verließ den Platz am Fenster.

»Ich muß gehen«, sagte sie. »Friedrich hält seinen Mittagsschlaf, doch er könnte aufwachen und nach mir rufen. Es ist besser, daß ich dann in der Suite bin. Sie wissen, wie sehr es ihm mißfällt, wenn ich Sie besuche.«

»Ja, das weiß ich. Doch ich hoffe, daß du trotzdem bald wieder zu mir kommst.«

»Das werde ich. Und – vielen Dank.«

»Kein Grund, mir zu danken, liebes Kind.«

Die Duchesse blickte hinter Mariska her, während diese zur Tür ging. Nachdem die junge Frau sich noch einmal lächelnd umgeschaut hatte und aus dem Zimmer gegangen war, saß die Duchesse eine Zeitlang mit geschlossenen Augen in ihrem Sessel.

Sie hatte die Hände im Schoß gefaltet und betete. Und mit einem Gefühl der Hellsichtigkeit, über das nur ein alter Mensch verfügt, wußte sie, daß ihr Gebet in Erfüllung gehen würde.

Mariska hatte für den Rest des Abends das Gefühl, in einer Nußschale auf einem sturmgepeitschten Meer hin und her geworfen zu werden.

Was sollte sie tun, wie sich verhalten?

Sie fand tausend Antworten auf ihre Fragen, aber von keiner wußte sie, ob es die richtige war.

Zuerst hatte sie den Einfall, Friedrich mit ihrem Verdacht einfach zu konfrontieren und ihm das, was sie am Nachmittag erfahren hatte, mitzuteilen. Sie würde ihm zu verstehen geben, daß sie sich zu schade dazu sei, für den Kaiser oder irgend jemanden sonst die Schmeichelkatze zu spielen.

Sie fand es geschmacklos, ihrem Mann die Aufgabe eines Spions zu übertragen und außerdem noch zu verlangen, daß er seine Frau mit in die Sache hineinzog, falls er feststellen sollte, daß er ihr nicht gewachsen war.

Gleichzeitig hatte sie aber auch Verständnis für Friedrichs Wunsch, die Gunst des Kaisers wieder zurückzugewinnen und für Berlin von Wichtigkeit zu sein, wie es in der Vergangenheit einmal der Fall gewesen war.

Aber selbst wenn er Erfolg haben würde, ist es unwahrscheinlich, daß er dafür irgendeine Dankbarkeit erntet, dachte sie. So oder so war er ohne weiteren Nutzen für sie. Sie würden ihn fallen lassen wie eine heiße Kartoffel.

Sie glaubte jetzt zu wissen, worum es den Deutschen ging. Sie erinnerte sich daran, welchen Wirbel die Zeitungen um die Marokko-Affäre gemacht hatten, und sie war sicher, daß es die Bündnispläne zwischen England, Frankreich und Rußland waren, über die General von Eckartstein Näheres wissen wollte.

Und von Lord Arkley hoffte er es zu erfahren. Denn dieser war der Vertraute König Edwards und außerdem mit der Materie vertrauter als irgendein anderer Mann in Europa.

Allerdings war Lord Arkley auch ein Mann von Ehre. Nie und unter keinen Umständen würde er politische Geheimnisse von solcher Brisanz an einen Außenstehenden weitergeben – weder an Friedrich noch an sie.

Wie kamen diese Leute nur zu der Annahme, sie würde sich verhalten wie eine Baronesse von Kettler?

Nach allem, was die Duchesse gesagt hatte, handelte es sich bei dieser Frau um eine mit allen Wassern gewaschene Spionin. Konnten Männer tatsächlich solche Narren sein und sich von einer Frau derart den Kopf verdrehen lassen, daß sie ihr Staatsgeheimnisse anvertrauten, deren Geheimhaltung von ungeheurer Wichtigkeit war?

Doch dann kannte sie die Antwort. Und weil diese so

schockierend für sie war, fühlte Mariska, wie ihr das Blut in die Wange stieg.

Was geschlechtliche Dinge und die Beziehungen zwischen Mann und Frau betraf, war Mariska noch sehr unschuldig.

Ihre Mutter hatte stets ein wachsames Auge auf sie gehalten, und obwohl es in den vielen Häusern der Esterházys junge Männer gab, mit denen ein Mädchen lachen und tanzen konnte, wären lockere Reden oder auch nur eine versteckte Andeutung bei der Unterhaltung undenkbar gewesen.

Mariska war noch keine achtzehn gewesen, als sie geheiratet hatte, und obwohl sie eine außergewöhnliche Intelligenz besaß, war sie gefühlsmäßig völlig unerweckt.

Viele würden ungläubig den Kopf geschüttelt haben, hätten sie die Wahrheit über Mariska erfahren. Sie war inzwischen einundzwanzig geworden, doch noch nie hatte sie einen leidenschaftlichen Kuß bekommen, und noch kein Mann hatte sie jemals angerührt.

Trotz der Bücher, die sie las, verstand sie nur wenig von den Dingen der Liebe, ahnte nicht einmal, was tatsächlich zwischen Mann und Frau geschah, wenn sie das Bett miteinander teilten.

Obwohl sie nun eine Vermutung hatte, auf welche Weise die Baronesse die jungen Diplomaten zum Reden brachte, war sie zu unerfahren und unwissend, um sich vorzustellen, was dabei wirklich geschah.

Ihre Scham und Schüchternheit auf diesem Gebiet waren natürlich keine brauchbaren Ratgeber bei dem Problem, das sie im Augenblick beschäftigte. Sollte sie Friedrich einfach geradeheraus fragen, was er mit ihr vorhabe? Sollte sie ihm in aller Deutlichkeit klarmachen, daß er nicht mit ihr rechnen könne, wenn er etwas Unschickliches von ihr verlange? Sie wußte es nicht.

Während des Dinners bekam Mariska, wie gewohnt,

keinen Bissen hinunter. Sie war zu nervös und aufgeregt, und überdies sah sie die Chance, mit Friedrich zu reden, immer mehr dahinschwinden – einfach, weil er dazu gar nicht mehr in der Lage war. Unablässig ließ er sich das Glas mit einem schweren Rotwein nachfüllen. Der Blutandrang in seinem Kopf war beängstigend, und wenn er sprach, brachte er nur noch ein fast unverständliches Lallen hervor.

Trotzdem wußte Mariska, was er sagen wollte. Er schimpfte wie immer über das Essen. Die Bedienung machte ihm nichts recht, und jedesmal, wenn sein Blick auf Mariska fiel, funkelte Haß in seinen Augen.

Aber daran war sie gewöhnt, und der Abend verlief wie hundert andere Abende, an denen sie allein speisten.

Doch seit dem Besuch bei der Duchesse stand sie unter Schock. Und wohl auch, weil sie an diesem Tag einen so glücklichen Morgen verbracht hatte, empfand sie die Situation schärfer und schmerzlicher als zuvor.

Friedrich hatte nun das Stadium erreicht, in dem er Brandy verlangte. Das erste Glas trank er in einem Zug, und kaum hatte er es geleert, goß er sich selbst nach, als fürchtete er, der Ober könnte ihm die Flasche wegnehmen.

»Du . . . du wirst morgen früh wieder mit Lord Arkley ausreiten«, lallte er. Die Worte kamen so unerwartet, daß Mariska regelrecht zusammenzuckte.

»Ja, das hast du mir bereits gesagt«, erwiderte sie hastig.

»Well, hör ihm genau zu, und sprich mit ihm über die Dinge, die ihn interessieren.«

»Und welche Dinge interessieren ihn?«

Mariska hatte das Gefühl, eine Fremde stellte diese Frage.

Eine Pause entstand. Es sah so aus, als überlegte sich Friedrich eine Antwort, was ihn eine ungeheure Anstrengung zu kosten schien.

»Sprich mit ihm über . . . über Frankreich«, sagte er endlich. »König Edward ist ganz verrückt auf die verdammten Franzmänner!«

»Woher weißt du das?«

Als hätte ihre Frage ihn gewarnt, zögerte er, bevor er sie anschrie:

»Ich kann noch Zeitung lesen, nicht wahr? Und wie jedermann kann ich ihr entnehmen, daß Edward die Freizügigkeit und Lasterhaftigkeit von Paris der nüchternen und strengen Atmosphäre von Berlin vorzieht.«

»Vielleicht fährt Seine Majestät nach Paris, um einmal auszuspannen«, wagte Mariska zu entgegnen.

»Er fährt dort hin, um sich bei den Franzosen lieb Kind zu machen«, schrie der Prinz. »Und die Franzosen wissen genau, wie sie den alten Wüstling einwickeln können.«

Mariska gab keine Antwort, und Prinz Friedrich, dessen Wut sich ins Maßlose steigerte, fuhr fort:

»Sie machen Lieder auf ihn! Er gibt sich mit Schauspielerinnen und Halbweltdamen ab. Und wenn die Franzosen nicht aufpassen, singen sie ›Hoch lebe Edward!‹ bald nach einer anderen Melodie.«

»Was meinst du damit?« fragte Mariska.

Sie glaubte, Friedrich bestätigte ihr mit seinen Worten den Verdacht, der sich immer mehr in ihr festigte: daß nämlich Deutschland entschlossen war, in Frankreich einzumarschieren.

Aber die letzte Gewißheit blieb ihr versagt. In die Nebel der Trunkenheit, die Friedrichs Hirn umhüllten, schien ein jäher Sonnenstrahl zu fallen; denn in letzter Sekunde gelang es ihm, sich vor dem Sturz in den Abgrund der Indiskretion zu bewahren.

»Was zum Teufel fällt dir ein, mir diese Fragen zu stellen!« fuhr er sie an. »Tu, was ich dir sage! Überlaß alles andere mir! Rede mit Arkley über Frankreich, und laß uns seine Meinung wissen. Das genügt!«

Wieder gab Mariska ihm keine Antwort. Statt dessen erhob sie sich und verließ ihren Gatten, der erneut nach der Flasche angelte und sich ein weiteres Glas Brandy eingoß.

In ihrem Schlafzimmer stellte sie fest, daß sie vor Kälte zitterte, obwohl der Abend sehr warm war.

Ein Gefühl von Kälte und Dunkelheit ergriff von ihr Besitz, das sie ängstigte. Sie glaubte, nie wieder einen Weg aus dieser finsteren und eisigen Einöde zu finden, in der sie gefangen war.

Einen Moment lang verspürte sie den Wunsch, die Duchesse aufzusuchen und sie um Rat zu bitten.

Dann sagte sie sich, daß dies einem Verrat an ihrem Gatten gleichkomme. Nicht einmal mit einem Menschen, der ihr so nahe stand wie die Duchesse, konnte sie über diese Dinge reden, denn schließlich war die Freundin eine Französin und besaß daher ein etwas gestörtes Verhältnis zu Deutschland und den Deutschen.

Es gab nur einen Menschen, dem sie wirklich vertrauen konnte. Einen Menschen, dem sie sich mitteilen mußte und für dessen Sicherheit es wichtiger war als für die ihre, daß er die Wahrheit kannte.

Eine lange Zeit verstrich, bis sie hörte, daß Josef den Prinzen zu Bett brachte.

Friedrich fluchte und schimpfte wie immer, aber seine Stimme klang schwach und kraftlos. Viele Sätze, die er begann, führte er nicht zu Ende. Sie gingen über in das zusammenhanglose, unverständliche Lallen des Betrunkenen.

Alle Zimmer der Suite führten auf den Balkon hinaus. Der Suite von Lord Arkley am nächsten lag der Salon, dann kam Mariskas Schlafzimmer, das durch eine Tür mit dem Zimmer Friedrichs verbunden war. Neben diesem Raum gab es noch eine kleine Kleiderkammer, in der Josef schlief.

Mariska lauschte auf die Geräusche und Stimmen in der Suite. Als endlich Stille eingetreten war, wußte sie, daß Josef seinen Herrn zu Bett gebracht hatte und Friedrich augenblicklich eingeschlafen sein mußte.

Das allerdings hatte nicht viel zu besagen, denn bereits in einer Stunde konnte er wieder aufwachen und mit seinem Geschrei das halbe Hotel wecken.

Sie blickte auf die Uhr.

Es war noch nicht ganz zehn.

Lord Arkley würde irgendwo diniert haben. Entweder beim König oder sonstwo in einer der Luxusvillen, deren vornehme Besitzer Abend für Abend große Gesellschaften gaben.

Doch wo er auch sein mochte, Mariska hoffte, daß er durch den Park zum Hotel zurückkehren würde.

Wie ihr bekannt war, endeten die meisten Partys im Kasino, und der kürzeste Weg von dort aus zum Hotel führte durch ein kleines Wäldchen und endete im illuminierten und mit Blumenrabatten geschmückten Garten des Weimar.

»Ich werde mich unter die Trauerweide setzen und warten«, sagte Mariska zu sich selbst.

Sie wußte, von diesem Platz aus konnte sie die Fenster von Lord Arkleys Suite sehen. Sollten dort die Lichter angehen, stand für sie fest, daß er einen anderen Weg zum Hotel genommen und sie vergeblich auf ihn gewartet hatte.

Es war immer noch sehr schwül. Dennoch holte sie einen leichten Seidenumhang aus dem Schrank und legte ihn sich über den Arm. Dann verließ sie die Suite und stieg eine Seitentreppe hinab, die zu einer Tür führte, die direkt in den Garten hinausging.

Niemand begegnete ihr, als sie den Rasen überquerte. Sie schob die tiefhängenden Zweige der Trauerweide auseinander und nahm auf der Bank Platz, auf der sie mit

Lord Arkley in jener ersten Nacht ihres Kennenlernens gesessen hatte.

Da sie sich auf ein langes Warten einrichtete, versuchte sie die Gedanken an das, was sie entdeckt hatte, zu vertreiben und in jenes wundervolle Zauberland zu entfliehen, von dem sie an diesem Morgen gesprochen hatten.

Aber immer wieder wurde sie abgelenkt, wenn ihr Blick zu dem Weg, der aus den Fichten kam, oder zu den Fenstern von Lord Arkleys Suite wanderte.

Etwa zwei Stunden später – Mariska war mit ihren Gedanken sehr weit weg von der harten Wirklichkeit – stand er plötzlich vor ihr.

Sie spürte seine Gegenwart, noch bevor er den Vorhang aus Weidenzweigen teilte und auf sie zu trat. Hinter seinem Kopf sah sie den Schein der Gartenillumination und glaubte, eine Gloriole aus Licht umgäbe ihn.

»Ich wußte, daß ich Sie heute abend hier finden würde«, sagte er mit seiner dunklen Stimme.

Sie sprach kein Wort, und er ließ sich neben ihr nieder.

»Was bedrückt Sie?« fragte er nach einer Weile.

»Woher wissen Sie, daß ... daß mich etwas ... bedrückt?«

»Ich fühle es. Tatsächlich, ich habe es den ganzen Abend schon gefühlt. Ich wußte einfach, daß Sie mich brauchten.«

Er sah, wie ihre Augen sich weiteten.

Dann sagte sie:

»Ich brauche Sie wirklich. Deshalb habe ich hier auf Sie gewartet.«

»Was ist geschehen?«

Überrascht dachte sie, daß zwischen ihnen ein solch tiefer innerer Gleichklang bestand, daß es sich als unnötig herausstellte, die Zeit mit Höflichkeitsfloskeln zu vertun.

Da sie auf seine Frage keine Antwort gab, sagte er nach kurzer Pause:

»Gib mir deine Hand!«

Überrascht und verwirrt gehorchte sie.

Als er dann ihre kühlen Finger in seine Hände nahm, spürte sie die Wärme, die von ihm zu ihr herüberfloß.

Mit einem hilflosen und zugleich mitleiderregenden Ausdruck blickte sie ihn an.

»Was ist geschehen?« wiederholte er seine Frage.

»Ich . . . ich weiß nicht, wie ich es Ihnen sagen soll.«

Ihre Finger zitterten in seinen Händen. Und als sie nicht weitersprach, erklärte er mit ruhiger Stimme:

»Ich glaube, es gibt nichts, was wir einander nicht sagen könnten, Mariska.«

»Ich . . . ich möchte Sie auf keinen Fall erschrecken oder beunruhigen.«

Er lächelte.

»Es ist zumindest sehr unwahrscheinlich, daß du das fertigbringst.«

»Aber Sie wissen doch gar nicht, was ich Ihnen zu sagen habe!«

»Dann schlage ich vor, du wartest nicht länger damit. Oder hast du Angst vor mir.«

»Ja, das habe ich.«

»Aber dazu hast du keinerlei Grund.«

»Ich weiß. Es ist nur, daß ich Angst habe vor dem, was Sie fühlen könnten.«

»Was ich fühle – für dich fühle, Mariska, ist etwas, wovor auch ich Angst habe. Angst, es laut auszusprechen.«

Er spürte, wie sie sich versteifte, und sagte sanft:

»Sag mir jetzt, was dich beunruhigt.«

Er merkte, wie schwer es ihr fiel zu reden. Aber dann, ganz plötzlich, sprudelte es aus ihr heraus:

»Man hat Friedrich befohlen, dich auszuhorchen.«

»Ist das alles?«

»Nein. Er verlangt, daß ich diese Aufgabe für ihn übernehme.«

»Und das macht dir solchen Kummer?«

»Natürlich! Wie kann ich denn etwas Derartiges tun? Wie kann ich mich einem Menschen gegenüber so verhalten – vor allem Ihnen gegenüber!«

»Vor allem mir gegenüber«, wiederholte Lord Arkley langsam. »Bin ich vielleicht etwas Besonderes für dich, Mariska?«

Sie wandte ihr Gesicht ab und blickte zur Seite, so daß er nur ihr Profil sehen konnte.

»Bin ich das?« fragte er sanft.

Wie unter einem Zwang drehte sie sich ihm wieder zu und blickte ihm in die Augen.

Das Licht der Lampen, das durch die Blätter der Weide drang, spiegelte sich in ihrer Iris, und er erkannte die Angst und die Qual, die sie erfüllten.

»Mein Liebling«, sagte er. »Du solltest dir keine Sorgen über etwas machen, das so völlig bedeutungslos ist.«

»Wie ... wie haben Sie mich genannt?« Mariskas Stimme war so leise, daß ihre Worte kaum zu verstehen waren.

»Ich habe dich meinen Liebling genannt«, antwortete Lord Arkley. »Ich weiß, daß ich kein Recht dazu habe, aber es ist das, was du für mich bist, seit jenem Augenblick, da ich dich zum erstenmal sah.«

Er sah das Leuchten auf ihrem Gesicht, das vorher nicht dagewesen war, und fuhr fort:

»Als wir uns zum ersten Mal begegneten, wußte ich bereits, daß du der wundervollste Mensch bist, den ich je im Leben kennengelernt habe.«

»Ja, das ist es, was auch ich empfunden habe, als ich Sie zum ersten Mal sah«, flüsterte Mariska. »Aber das ... das sollte ich eigentlich nicht sagen. Es ist nicht richtig!«

»Es ist richtig«, widersprach Lord Arkley, »weil keiner von uns etwas Schlechtes getan hat. Und Liebe ist etwas, gegen das niemand etwas machen kann.«

Sie machte eine kleine hilflose Handbewegung bei dem Wort Liebe, und während sich der Druck seiner Hände um ihre Finger verstärkte, sagte er:

»Ja, Mariska! Liebe! Ich liebe dich. Ich weiß es, obwohl ich es am ersten Abend, an dem wir hier saßen, nicht wahrhaben wollte. Doch heute morgen am See fiel es mir wie Schuppen von den Augen. Ich begriff, daß es etwas war, das ich nicht länger leugnen konnte.«

»Aber wir dürfen nicht«, begann Mariska. »Es ist unmöglich . . .«

Dann verstummte sie, und nach einer Weile fuhr sie fast unhörbar fort:

»Ich liebe Sie auch. Ich dachte mir gleich, daß es Liebe sein mußte, was ich für Sie empfand. Aber weil ich noch nie zuvor geliebt habe – war ich . . . war ich mir nicht sicher.«

»Und ich habe nie zuvor so geliebt, wie ich es jetzt tue!« sagte Lord Arkley.

Mariska schloß die Augen.

»Ich kann es nicht fassen, was Sie mir da sagen. So lange habe ich mir immer wieder den Tod gewünscht. Ich wollte einfach nicht mehr leben. Ich hätte es nie für möglich gehalten, daß mir dies geschehen würde.«

»Und doch ist es so!«

»Es ist nicht falsch, nicht wahr? Bitte, sagen Sie mir, daß es nichts Schlechtes ist«, flehte Mariska. »Etwas, das so wunderbar, so absolut vollkommen ist, kann doch keine – Sünde sein!«

»Ich sagte dir«, erwiderte er, »wir können nichts dagegen tun, daß wir uns lieben. Aber diese Liebe zwingt uns dazu, miteinander zu reden.«

Sie schien zu verstehen, was er mit seinen Worten sagen wollte, und erwiderte mit kleiner, fast verängstigter Stimme:

»Wir können es nicht aufgeben.«

»Genau das hoffte ich von dir zu hören.«

»Ich liebe dich von ganzem Herzen«, flüsterte Mariska mit einem inbrünstigen Unterton in der Stimme. »Aber ich könnte mich niemals so verhalten, wie die Baronesse von Kettler es tun würde.«

Lord Arkley blickte erstaunt.

»Was weißt du von Baronesse von Kettler?« fragte er.

»Ich hörte, wie General von Eckartstein Friedrich drohte, daß man die Baronesse von Kettler herschicken werde, wenn er seiner Aufgabe nicht gewachsen sei.«

Mariska holte tief Luft.

»Ich wußte nicht, was er damit meinte. Bis ich heute die Duchesse nach der Baronesse von Kettler fragte.«

»Und sie gab dir Auskunft?«

»Ja. Und dann begriff ich plötzlich, wozu Friedrich mich benutzen wollte.«

Ihre Worte waren kaum zu verstehen, und Lord Arkley wurde klar, wie entsetzt und schockiert sie war.

»Hör zu, mein Liebling, ich verstehe nun, weshalb dies alles dich so aufgeregt hat. Aber laß dir von mir gesagt sein, daß du nie – nicht in Millionen Jahren – so werden und dich so verhalten könntest wie eine Baronesse von Kettler.«

»Weißt du das sicher?«

»Ich kenne sie schon seit langer Zeit. Wir begegneten einander mehrmals. Rein zufällig gewissermaßen.«

»Aber du würdest ihr niemals verraten, was sie von dir wissen wollte?«

»Ich hoffe, ich bin versiert und erfahren genug, um dem deutschen Geheimdienst nicht auf den Leim zu gehen«, erwiderte Lord Arkley. »Zu deiner Beruhigung kann ich dir außerdem versichern, daß ich an jenem Abend, an dem ich mit dir speiste, sehr genau wußte, weshalb Prinz Friedrich mich zum Dinner eingeladen hatte.«

»Du wußtest es? Woher denn?«

»Ich beobachtete zufällig, wie von Eckartstein und von Senden in Eurer Suite verschwanden. Das kam mir seltsam vor. Außerdem ist Baron Karlovs Deutschlandfreundlichkeit überall bekannt.«

»Du wußtest es und wolltest dennoch mein Freund sein?«

»Glaubst du im Ernst, ich hätte dich auch nur eine Sekunde lang im Verdacht gehabt, daß du bei einem so schmutzigen Spiel mitmachen würdest?« fragte Lord Arkley.

Sie schwieg, und da er das Gefühl hatte, es stände noch etwas Unausgesprochenes zwischen ihnen, das Mariska Schwierigkeiten bereitete, sagte er mit einem leichten Lächeln:

»Meine Mission in Deutschland war von völlig anderer Art. Ich sollte einen Bericht erstellen über die Stimmung an den deutschen Höfen und bei den einfachen Bürgern gegenüber Frankreich und Großbritannien.«

Er sah die Anspannung auf Mariskas Gesicht und fuhr fort:

»Es ging dabei nur um meinen subjektiven Eindruck, den ich aus ganz normalen Unterhaltungen und Kontakten gewann. Jedenfalls handelte es sich nicht um eine Art Spionagetätigkeit, was immer der deutsche Geheimdienst in meinen Deutschlandbesuch auch hineingeheimnißt haben mag!«

»Ich bin froh. Ich bin ja so froh!«

»Und ich schwöre dir, ich habe weder an Schlüssellöchern gelauscht noch die Privatbriefe anderer gelesen, noch versucht, Frauen oder Betrunkenen irgendwelche Staatsgeheimnisse zu entlocken.«

Lord Arkley sprach mit leiser Schärfe in der Stimme, doch als er das Zittern spürte, das Mariska überlief, fügte er schnell hinzu:

»Verzeih mir. Das hätte ich nicht sagen sollen. Vergiß alles, was dich erschreckt und beunruhigt hat!«

»Das bedeutet, daß ich morgen nicht mit dir ausreiten kann.«

»Wieso nicht?«

»Weil Friedrich mich ins Kreuzverhör nehmen wird, um jedes Wort zu erfahren, das du mit mir gewechselt hast.«

»Was spielt das für eine Rolle?« fragte Lord Arkley. »Es sei denn, du glaubst, daß er zornig auf dich sein wird.«

»Das ist er sowieso. Besonders heute, als ich ihm nichts berichten konnte.«

Sie schaute ihn aufmerksam an, als sie hinzufügte:

»Das heißt, nichts als deine Bemerkung: Wenn ein Mensch den Frieden in Europa aufrechterhalten könne, dann sei es König Edward.«

Eine kurze Pause entstand, dann fragte sie:

»Glaubst du, ich könnte das noch einmal wiederholen?«

»Warum nicht? Niemand kann dir deswegen einen Vorwurf machen.«

»Es ist so grausam – so erniedrigend«, sagte Mariska laut. »Wie sollen wir uns jemals wieder so unterhalten wie heute morgen, wenn ich ständig daran denken muß, daß gleichsam General von Eckartstein, Admiral von Senden und der Kaiser selbst dabeistehen und mithören!«

Der Klang ihrer Stimme rührte Lord Arkley so, daß er unwillkürlich ihre Hand an seine Lippen hob.

»Vergiß sie!« sagte er. »Vergiß alles, mein Liebstes, alles, bis auf das eine: daß ich dich liebe!«

Er küßte ihre Hand und spürte, wie sie erbebte.

»Ich liebe dich«, sagte er. »Und weil die Liebe, die wir füreinander empfinden, etwas Großes und Heiliges ist, verspreche ich dir, nie etwas zu tun oder von dir zu verlangen, daß du dich schuldig fühlen müßtest.«

»Aber vielleicht ist es nicht richtig, dich zu lieben!«

»Gegen die Liebe vermag der Mensch nichts zu tun. Er ist machtlos ihr gegenüber«, erwiderte Lord Arkley.

»Ja, ich bin machtlos gegen sie«, flüsterte Mariska. »Ich spüre, wie du mein ganzes Sein erfüllst. Nichts ist mehr von Wichtigkeit für mich. Alles ist verblaßt. Es gibt nur noch dich.«

»Genauso fühle ich für dich!«

»Aber ich bin verheiratet und – ich habe Friedrich die Treue geschworen in guten und in schlechten Tagen.«

»Es ist grausam – verdammenswert!« stieß Lord Arkley heftig hervor.

»Aber wir können nichts tun, es zu ändern – wir können höchstens versuchen, einander zu vergessen.«

»Nein, das kann niemand verlangen!« widersprach Lord Arkley. »Du bist Friedrichs Frau. Keiner von uns kann das leugnen. Aber wenn ich dich liebe, heißt das nicht, daß ich von dir verlange, ihm untreu zu werden. Das einzige, was ich verlange, ist dies: daß du aus meiner Liebe die Kraft schöpfst, dein Leben an der Seite dieses Mannes etwas erträglicher zu finden. Meine Liebe soll dir etwas geben, das zuvor in deinem Leben gefehlt hat. Das ist alles, was ich verlange.«

»Sie gibt mir alles«, sagte Mariska leidenschaftlich. »Alles, was ich mir jemals gewünscht habe. Ich war so allein, so voller Angst – und Friedrich haßt mich.«

Die letzten Worte sprach sie so leise, daß Lord Arkley sie kaum hören konnte.

»Dann werde ich dir Liebe schenken«, antwortete er. »Liebe, auf die du ein Recht hast, Liebe, die du brauchst, mein Schatz.«

»Ich brauche sie so sehr – und nun habe ich auch nicht mehr den Wunsch zu sterben«, sagte Mariska. »Auch wenn ich dich nicht immer sehen kann, ich weiß, daß es dich gibt, daß du da bist – irgendwo auf der Welt.«

»Wir werden uns gelegentlich trennen müssen«, sagte Lord Arkley. »Aber nicht jetzt. Solange der König in Marienbad weilt, habe ich einen Grund, mich ebenfalls hier aufzuhalten.«

»Und wir können uns sehen?«

»Warum nicht?« fragte er zurück. »In der kurzen Zeit, in der wir uns haben, wollen wir nur an uns denken, nicht wahr?«

Einen Moment lang dachte Mariska an Friedrichs Wutausbrüche, wenn sie ihm nicht das sagen konnte, was er hören wollte. Aber sie schob den Gedanken entschlossen beiseite, und das Leuchten kehrte in ihr Gesicht zurück, als sie sagte:

»Ich möchte mit dir reden. Ich möchte deiner Stimme lauschen. Vielleicht können wir zusammen in jene andere Welt entfliehen, von der wir heute morgen gesprochen haben.«

»Das werden wir«, antwortete er. »Und ich verspreche dir, mein Liebling, ich werde nichts tun, das dich aufregen oder erschrecken könnte.«

»Ich kann mir nicht vorstellen, daß du so etwas jemals tun würdest«, erwiderte sie. »Außerdem ist unsere Liebe etwas so Heiliges, daß ich es nicht ertragen könnte, wenn sie so wäre, wie . . .«

Ihre Stimme erstarb, und er wußte, daß sie hatte fortfahren wollen: ». . . wie die früheren Liebschaften in deinem Leben.«

Er drückte wieder seine Lippen auf ihre Hand. Sekundenlang verharrten sie auf der samtenen Zartheit ihrer Haut. Dann sagte er:

»Da unsere Liebe anders ist und somit auch unsere Ideale, dürfen wir sicher sein, daß wir einander nie verlieren werden.«

Sie blickte zu ihm auf. Ihre Augen begegneten einander, und sie hatte das Gefühl, in seinen Armen zu liegen und von ihm auf den Mund geküßt zu werden.

Keiner von ihnen wagte es, sich zu bewegen, und mit einem Seufzer des Glücks sagte Mariska:

»Nun muß ich gehen.«

»Ich werde dich gehen lassen«, antwortete er, »weil ich dich zu nichts überreden möchte, was du nicht von dir aus wünschst. Aber meine Gedanken sind bei dir. Ich werde mich nach dir sehnen und von dir träumen, mein schöner Liebling.«

Er sah das Aufleuchten in ihren Augen und fuhr fort:

»Und die Zeit bis morgen früh wird mir wie eine Ewigkeit vorkommen.«

»Bist du sicher, daß ich wirklich mit dir ausreiten sollte?«

»Ganz sicher. Es gibt keinen Grund, es nicht zu tun und uns beide zu quälen.«

»Dann werde ich kommen. Du weißt, daß es nichts gibt, was ich lieber tun würde.«

»Ja, ich weiß.«

»Es wird wundervoll sein, Bügel an Bügel mit dir durch den Morgen zu reiten und unseren verzauberten See wiederzusehen.«

»Dann denke in dieser Nacht an nichts anderes. Vergiß alles Häßliche in deinem Leben. Erinnere dich an die Stille dort, an die Nebelschleier über dem Wasser und an die Dinge, über die wir geredet haben.«

»Als ich heute morgen wieder in meinem Zimmer war, habe ich gedacht, du würdest nie wieder etwas von mir wissen wollen, nach all dem, was ich gesagt habe.«

»Das war sehr dumm von dir. Ich liebe dich, und selbst wenn du das größte Verbrechen begangen hättest, meine Liebe zu dir würde sich niemals ändern.«

Seine Finger verstärkten ihren Druck um die ihren, als

er fortfuhr: »Unsere Liebe ist stärker und tiefer, als daß sie sich im bloßen Tun erschöpfen könnte. Es ist der Gleichklang unserer Gedanken, Gefühle und Träume, der unsere Herzen miteinander verbindet.«

»Wundervoll, wie du das ausdrückst!«

»Es ist das, was ich empfinde.«

Sie erhob sich, ihre Hand immer noch in der seinen. Erst nachdem sie sich lange gegenübergestanden und in die Augen geschaut hatten, gab er sie frei.

»Gute Nacht, mein einziger Liebling«, sagte er. »Und möge Gott mit dir sein.«

Sie wußte, daß er es für klüger hielt, nicht gemeinsam zum Hotel zurückzukehren, aber es fiel ihr schwer, sich vom Anblick seines Gesichtes loszureißen.

Doch schließlich wandte sie sich schnell ab und ging davon, während er unter den Weidenzweigen zurückblieb und ihr nachblickte.

VI

Er ist einmalig schön!« sagte Mariska und sah auf den See.

»Du bist noch schöner!« erwiderte Lord Arkley.

Sie wandte den Kopf und schaute ihn an. Die Sonne spiegelte sich in ihren Augen.

»Ich möchte dir glauben«, antwortete sie. »Ich möchte, daß du mich für schön hältst. Und doch, wenn du so zu mir sprichst, vermeine ich zu träumen.«

»Dann hör nicht auf zu träumen, Liebstes. Deine Schönheit wird auch immer ein Teil meiner Träume sein, obwohl sie eine unleugbare Tatsache ist.«

Sie lächelte glücklich, und er dachte, daß er nie eine Frau kennengelernt hatte, die bei jedem Wort, das er zu ihr sagte, so bis ins Innerste erbebte und die trotz ihrer Anmut und ihres Zaubers so schlicht und bescheiden war.

Er betrachtete sie vor dem Hintergrund des Wassers, nahm die Stille in sich auf, die sie beide umgab, und genoß die Einsamkeit, in der es niemanden gab, der sie stören konnte.

Sie waren allein in einer Welt, die nur ihnen gehörte.

»Glaubst du, daß wir auch morgen früh noch einmal hierherkommen werden?« fragte Mariska.

»Ich kann es nur hoffen«, gab Lord Arkley zur Antwort. »Ich fragte König Edward, wann er Marienbad zu verlassen gedenke, und er antwortete: ›Keinesfalls vor Ablauf dieser Woche.‹«

Mariska atmete erleichtert auf. Er wußte, daß sie befürchtet hatte, der heutige Tag könnte ihr letzter sein.

Als wäre sie zu scheu, ihm in die Augen zu schauen, richtete sich ihr Blick auf die Nebel vor dem gegenüberliegenden Ufer, bevor sie mit sanfter Stimme sagte:

»Ich werde mir jeden Augenblick, jede Sekunde unseres Zusammenseins einprägen, damit ich mich immer daran erinnern kann, wenn du nicht mehr bei mir bist.«

»Ich möchte jetzt noch nicht davon sprechen«, sagte Lord Arkley, »aber ich weiß, daß es mir das Herz zerreißen wird, wenn ich mich von dir trennen muß.«

»Mir wird es genauso ergehen«, erwiderte sie. »Aber zugleich bin ich sehr glücklich bei dem Gedanken, dir begegnet zu sein und einen so wundervollen Mann gefunden zu haben, den ich liebe.«

»Wenn du so mit mir redest, möchte ich dich am liebsten in die Arme nehmen und dich auf eine einsame Insel im Atlantik oder in die Wildnis des Himalaja davontragen, wo kein Mensch uns mehr finden würde.«

»Ich könnte mir nichts Schöneres vorstellen!« flüsterte Mariska.

»Ich verhalte mich dir gegenüber so, wie ich mich noch nie einer Frau gegenüber verhalten habe. Aber du mußt wissen, daß ich selbst um den Preis meiner ewigen Seligkeit keinen größeren Wunsch in mir verspüre, als dich an mich zu pressen und deinen Mund zu küssen.«

Die Leidenschaft in seiner Stimme ließ Mariska erröten. Dann sagte sie so leise, daß er es nur mit Mühe hören konnte:

»Ich bin noch nie von einem Mann geküßt worden.«

»Noch nie geküßt worden?« wiederholte er ungläubig. »Wie ist das möglich?«

Sekundenlang schwieg sie, dann antwortete sie:

»Als Friedrich bei meinem Vater um meine Hand anhielt, glaubte ich, er würde mich lieben.«

»Das habe ich auch angenommen. Für mich war es die einzige Erklärung dafür, daß er eine Frau heiratete, die nicht aus königlichem Geblüt ist.«

Als Mariska seufzte, fragte Lord Arkley:

»Erzähle mir, was geschehen ist! Ich muß es wissen!«

Einen Moment lang dachte er, Mariska würde sich weigern, über ihre Ehe zu sprechen, weil sie es als eine Art Untreue gegenüber ihrem Gatten ansah. Doch dann begann sie zögernd:

»Friedrich kam zur Rebhuhnjagd nach Fertöd auf das Schloß meines Vetters Miklós, der auch die ganze Familie eingeladen hatte.«

Lord Arkley kannte das Schloß und wußte, wie groß und eindrucksvoll es war.

Erbaut wurde es gegen Ende des achtzehnten Jahrhunderts von dem österreichischen Baumeister Fefele.

Niemand, der es einmal gesehen hatte, konnte das mächtige, dreistöckige Barockgebäude mit dem hufeisenförmigen Innenhof, seinem Puppentheater, seiner Bibliothek und seinem riesigen Konzertsaal, in dem Joseph Hayden die Hofkapelle dirigiert hatte, vergessen.

»Wie du weißt, ist Prinz Miklós sehr gastfreundlich«, fuhr Mariska fort. »Jeden Abend fanden zu Ehren des Gastes Dinnergesellschaften und Bälle statt, und ich glaube, Friedrich war von allem äußerst beeindruckt.«

Sie machte eine Pause, bevor sie fortfuhr:

»Meine Kusinen wetteiferten miteinander um seine Aufmerksamkeit. Er tanzte mehrmals mit mir, und wir machten einige Ausritte miteinander. Wie alle anderen fand ich ihn sehr nett.«

Wie Lord Arkley sich erinnerte, war Prinz Friedrich damals nicht nur ein ungewöhnlich gutaussehender, sondern – wenn er seine Arroganz und Hochnäsigkeit ablegte – auch ein sehr charmanter junger Mann gewesen.

»Friedrich fuhr dann wieder nach Deutschland zurück«, berichtete Mariska weiter. »Erst nach der Hochzeit erfuhr ich den wahren Grund, weshalb er schon nach wenigen Tagen wieder zurückkam.«

»Und was war der Grund?«

»Bei seiner Ankunft in Wildenstein verriet ihm ein guter Freund, daß der Kaiser Friedrichs Heirat mit der Großherzogin von Mildenstadt wünsche.«

Lord Arkley blickte erstaunt, und Mariska erklärte:

»Sie war einige Zeit vorher Witwe geworden und doppelt so alt wie Friedrich.«

»Du meinst doch nicht die gegenwärtige Großherzogin?« rief Lord Arkley aus. »Die Lady ist über vierzig und eine der häßlichsten Frauen in Europa.«

»Genauso dachte auch Friedrich«, erwiderte Mariska, »aber Mildenstadt liegt, wie du weißt, direkt an der polnischen Grenze. Der Kaiser fürchtete wohl, daß das Land seinem Einfluß entgleiten würde, wenn die Großherzogin in zweiter Ehe einen Polen oder Russen heiraten sollte.«

»Ah, jetzt begreife ich!« murmelte Lord Arkley.

»Friedrich erzählte mir später, daß er nur wenige junge Mädchen gut kannte«, fuhr Mariska fort, »und daß ich die erste gewesen bin, die ihm als Rettung in den Sinn kam. Ohne sein Gepäck erst auszupacken, fuhr er auf dem kürzesten Weg nach Ungarn zurück.«

»Und du glaubtest, er wäre in dich verliebt gewesen?«

»Ja. Es war natürlich sehr einfältig und – romantisch von mir.«

In ihrer Stimme war ein Ton von Bitterkeit, der sich verstärkte, als sie fortfuhr:

»Aber ich bezweifle, daß ich mit einer Weigerung etwas erreicht hätte, falls ich nicht einverstanden gewesen wäre. Die Esterházys mochten ihn, und außerdem fühlten sie sich geschmeichelt von der Vorstellung, daß ich eine regierende Duchesse werden sollte.«

»Aber du sagtest eben, Friedrich habe dich nie geküßt?« Lord Arkley schaute sie ungläubig an.

»Er bat Papa um seine Zustimmung. Dann gab er mir den Verlobungsring, der zu den Kronjuwelen gehörte, küßte mir die Hand und kehrte nach Wildenstein zurück.«

»Das ist doch nicht möglich!« rief Lord Arkley überrascht.

»Erst sehr viel später, lange nach dem Unfall, gestand er mir, daß er eigentlich nie etwas für mich empfunden habe. Ich war nicht sein Typ.«

»Das kann ich mir denken«, sagte Lord Arkley voller Sarkasmus.

»Im vergangenen Jahr besuchten wir einmal eine Theateraufführung«, fuhr Mariska fort. »Dabei zeigte er mir eine seiner früheren Geliebten. Sie war groß und stattlich – sehr junohaft.«

Lord Arkley bemerkte den Schmerz in ihren Augen.

Für ihn stand fest: Einer der Gründe dafür, daß Mariska sich ihrer Schönheit nicht bewußt war, bestand darin, daß sie drei Jahre mit einem Mann zusammenlebte, der sie nicht nur haßte, sondern für die zarte und durchgeistigte Schönheit, die sie war, kein bißchen Gespür besaß.

Als wünschte sie, daß Lord Arkley auch das Ende ihrer Geschichte hörte, erzählte Mariska weiter.

»Eine Bedingung, die Friedrich stellte, war die, daß die Hochzeit in Wildenstein stattfand. Er wußte, sein Volk würde begeistert sein, und er wußte auch, daß er dem Kaiser damit den Wind aus den Segeln nahm. Einmal angekündigt, konnte die Hochzeit mit mir von niemandem mehr rückgängig gemacht werden. Selbst der Kaiser würde ihn nun nicht mehr an seine Pflicht als verantwortungsbewußter deutscher Regent erinnern, die Großherzogin von Mildenstadt zu ehelichen.«

Lord Arkley konnte sich die damaligen Geschehnisse gut vorstellen, und er mußte zugeben, daß Friedrich sich mit einem sehr mutigen und geschickten Schachzug aus der Affäre gezogen hatte. Wäre er weniger entschlossen in seiner Handlungsweise gewesen, wäre ihm die Ehe mit einer viel zu alten und häßlichen Frau nicht erspart geblieben.

»Papa, Mama und ich trafen einen Tag vor der Hochzeit in Wildenstein ein«, erzählte Mariska weiter. »Friedrich machte uns einen kurzen Besuch in dem Haus, in dem er uns untergebracht hatte, aber wir waren keine Sekunde allein miteinander. Er überreichte mir zwar ein hübsches Hochzeitsgeschenk, dennoch war ich enttäuscht darüber, daß er mir nicht einmal einen Kuß gab.«

Sie schwieg einen Moment, und ihre dunklen Wimpern hoben sich deutlich gegen die zarte Blässe ihrer Wangen ab. Dann sagte sie:

»Am nächsten Tag fuhr ich mit Papa zur Kathedrale, und ich glaubte, Friedrich in seiner weißen Uniform und den vielen glitzernden Orden auf der Brust wäre der Prinz aus dem Märchen. Er sah wundervoll aus, und auch die ganze Zeremonie war sehr beeindruckend. Du weißt, was dann passierte.«

Die Bombe des Anarchisten, dachte Lord Arkley, hatte nicht nur den Bräutigam getroffen, sondern auch das Leben der jungen Braut zerstört.

Laut sagte er:

»Wenn ich alles, was du erlitten hast, rückgängig machen und alles, was du jetzt noch erleiden mußt, verhindern könnte, ich würde es tun, meine Liebste.«

»Ich weiß es«, gab sie zur Antwort. »Normalerweise spreche ich nie mit jemandem über diese Dinge, und es tut mir für Friedrich entsetzlich leid, aber wie du weißt, haßt er mich, weil ich damals bei dem Attentat unverletzt blieb.«

»In irgendeiner Weise kann ich seine Verbitterung verstehen«, sagte Lord Arkley. »Unverständlich ist mir nur, daß ein Mensch etwas so Kostbares und Vollkommenes wie dich hassen kann.«

Sie schenkte ihm ein scheues kleines Lächeln, als sie erwiderte:

»Ich wünschte, es stimmte, was du sagst! Aber oft bin ich sehr aufsässig, lehne mich auf gegen mein Schicksal. Dann wieder möchte ich tot sein, damit die Qual ein Ende hat. Ich weiß: solche Gedanken sind schlecht und gottlos.«

»Den Tod brauchst du dir nie wieder zu wünschen«, sagte er zärtlich. »Denke daran, daß du mein bist. Wir gehören zusammen. Vielleicht ist Gott uns gnädig und läßt uns eines Tages auch miteinander leben.«

Das Leuchten war in ihre Augen zurückgekehrt. Sie schaute ihn ernst und fragend an.

»Glaubst du das? Glaubst du wirklich, daß dies eines Tages möglich sein würde?«

»Alles ist möglich«, sagte er bestimmt. »Und ich werde nicht aufhören, darum zu beten, daß ich dich eines Tages nicht nur küssen, sondern ganz besitzen darf.«

»Das ist auch mein Wunsch«, hauchte Mariska.

»Zwischen uns besteht ein eigenartiges Band, so, als hätten wir in der Vergangenheit, vor langer, langer Zeit schon einmal zusammengelebt.«

»Und du glaubst, eines Tages würden wir auch in der Zukunft wieder zusammen sein?«

»Ich glaube daran«, antwortete Lord Arkley feierlich, »daß Gott barmherzig und die Liebe stärker ist als der Haß.«

»Dann wird meine Liebe ständig mit dir sein, wo immer

du auch sein magst, Liebster«, versprach Mariska mit bebender Stimme. »Und bitte, vergiß niemals, mit deiner Liebe auch bei mir zu sein!«

»Es wird mir unmöglich sein, dich zu vergessen«, antwortete er.

Über den Tisch hinweg blickten sie einander an. Mariska hatte das Gefühl, ihm ganz nahe zu sein, und sie glaubte zu spüren, wie sein Herz gegen das ihre schlug.

Dann sagte Lord Arkley mit fast unmenschlicher Willensanstrengung:

»Wir müssen zurückreiten, mein Liebling.«

»Ja, ja, natürlich.«

Dann, mit Panik in der Stimme, fragte sie:

»Was soll ich Friedrich nur sagen, wenn er wissen will, worüber wir gesprochen haben?«

»Während des Heimritts werde ich mir etwas Plausibles ausdenken.«

Er bezahlte die Rechnung, und sie bestiegen ihre Pferde.

Als er ihr in den Sattel half, bemerkte sie einen Glanz in seinen Augen, den sie zuvor noch nie bei ihm gesehen hatte.

In diesem Augenblick wurde sie sich der Tatsache bewußt, daß er ein Mann war, der sie als Frau begehrte. Ihr Herz begann wie wild zu schlagen, und ihr Atem ging schnell und stoßweise.

Dann setzten sie sich in Bewegung. Sie tauchten ein in den Schatten der hohen Tannen, wo der weiche Waldboden die Geräusche der Pferdehufe fast völlig verschluckte.

Erst als der See weit hinter ihnen lag, sagte Lord Arkley:

»Sag Friedrich, die Engländer seien beunruhigt über die große Zahl der Kriegsschiffe, die der Kaiser bauen lassen wolle.«

Als Mariska nicht antwortete, fügte er hastig hinzu:

»Ich weiß, mein Liebling, daß du es erniedrigend findest, deinem Mann solche Dinge zu berichten. Aber es muß sein. Ich will nicht, daß er zornig auf dich ist und dir in seiner Wut unsere morgendlichen Ausritte untersagt.«

»Nein, nein, natürlich nicht«, sagte Mariska rasch. »Es ist dumm von mir, an etwas anderes zu denken, als daran, wie sehr ich mir wünsche, möglichst oft in deiner Nähe zu sein. Es ist nur . . .«

Ihre Stimme brach ab, und Lord Arkley beendete den Satz:

». . . daß du zu edel und anständig bist, um dich in Intrigen verwickeln zu lassen und die Lügereien und Betrügereien mitzumachen, die sich daraus notwendigerweise ergeben.«

Er ließ einen tiefen Seufzer hören.

»Wenn ich dich doch aus all dem nur heraushalten könnte! Wenn wir nur in England wären!«

»Es würde keine Rolle spielen, wo wir sind, wenn wir nur zusammen sein könnten!«

»Ich weiß«, antwortete er. »Aber ich möchte, daß du mit mir in meinem Haus lebst. Ich möchte dich in einer Umgebung sehen, die deiner angemessen und ein Heim für dich ist.«

Er wußte, wieviel ihr dieses Wort bedeutete. Dann verfielen sie in tiefes Schweigen, und jeder von ihnen dachte, daß das, was sie vom Schicksal verlangten, etwas ganz und gar Unmögliches war.

Wie Mariska erwartet hatte, saß Friedrich schon beim Frühstück, als sie die Suite betrat. Sobald Josef ihr eine Tasse Kaffee eingegossen und sich zurückgezogen hatte, fragte der Prinz:

»Was hast du zu berichten?«

»Lord Arkley sprach nicht über Frankreich«, erwiderte

Mariska der Wahrheit gemäß. »Doch er sagte, die Engländer seien beunruhigt wegen der hohen Zahl von Kriegsschiffen, deren Bau der Kaiser angeordnet habe.«

»Sie haben doch damit angefangen«, entgegnete Friedrich aufbrausend. »Ihre Flotte ist größer als die unsere. Und weshalb will England, das so viel kleiner ist als Deutschland, unbedingt die Vorherrschaft auf See für sich beanspruchen?«

Mariska antwortete nicht.

»Wenn du ihn das nächste Mal siehst«, fuhr er fort, »frag Arkley, weshalb Deutschland eigentlich das einzige Land in Europa sein soll, das keine Flotte hat.«

Nach einer kurzen Pause fuhr er noch wütender fort:

»Die Deutschen brauchen eine Atempause, und wenn wir die nicht auf friedlichem Wege bekommen können, müssen wir sie uns erzwingen.«

Die letzten Worte schrie er voller Zorn, und Mariska erwiderte rasch:

»Ich fürchte, ich verstehe nicht viel von Politik, Friedrich. Wenn du mich bitte entschuldigst? Ich sollte mich jetzt besser umziehen, falls du möchtest, daß ich dich zum Kreuzbrunnen begleite.«

Sie war aufgestanden und zur Tür gegangen, und er schrie hinter ihr her:

»Ist das alles, was du mir zu berichten hast. Du warst, weiß Gott, lange genug fort, um mehr zu erfahren als das!«

Sie erwiderte nichts, doch als sie in ihrem Schlafzimmer ankam, stellte sie fest, daß sie am ganzen Leib zitterte.

»Wie soll das nur weitergehen?« murmelte sie.

Aber dann rief sie sich zur Vernunft. Dies war nicht der Augenblick für derartige Überlegungen. Sie mußte sich umkleiden, wenn Friedrich nicht warten sollte.

Während des Umkleidens brummte das Mädchen irgend etwas vor sich hin über eine Unannehmlichkeit, die ihr im Hotel widerfahren war, aber Mariska achtete nicht darauf.

Sie zwang sich, an die Zeit zu denken, die sie vorhin mit Lord Arkley an dem zauberhaften See verbracht hatte.

»Ich will nur an ihn denken«, sagte sie leise und spürte, wie die Anspannung, die Friedrichs Gegenwart stets in ihr hervorrief, allmählich nachließ.

»Ich liebe ihn, ich liebe ihn!« flüsterte sie.

Sie versuchte, an nichts anderes zu denken als an Lord Arkleys Gesicht, an den Klang seiner Stimme, die sie erregte, und an den Augenblick der Nähe, als er zu ihr getreten war und sie in den Sattel gehoben hatte.

Vielleicht ist es nicht richtig, ihn so sehr zu lieben, dachte sie, als sie hinter Friedrichs Rollstuhl zum Kreuzbrunnen ging.

Aber, wie Lord Arkley sagte: Liebe war etwas, wogegen keiner von ihnen etwas machen konnte.

Als Mariska der Menge ansichtig wurde, die unter den Kolonnaden auf und ab ging, wußte sie, daß sie nach einem Menschen – und nur nach diesem einen Menschen – Ausschau hielt. Die Gesichter der anderen sah sie nicht. Sie waren uninteressant für sie.

Anschließend an den Kreuzbrunnen erfolgte wie stets Friedrichs Arztbesuch. Er erhielt die üblichen Behandlungen, während Mariska im Warteraum saß und vor sich hin träumte. Dann kehrten sie in Begleitung der Leibwächter zum Lunch ins Weimar zurück.

Als sie zum ersten Mal nach Marienbad gekommen waren, hatte Mariska vorgeschlagen, wenigstens ab und zu schon einmal eins der Restaurants am Ort aufzusuchen. Doch Friedrich war sehr knauserig, und da die Verpflegung im Hotelpreis inbegriffen war, blieb es nur bei einigen wenigen Ausnahmen.

Mariska bedauerte dies, denn in einem Restaurant

konnte Friedrich es sich nicht erlauben, sie anzuschreien oder unablässig an allem herumzunörgeln.

In Gegenwart der Kellner des Weimar, die das Essen in der Suite servierten, nahm er sich nicht zusammen, obwohl auch sie Fremde waren und man sich auf ihre Diskretion nicht hundertprozentig verlassen konnte.

Auch diesmal erlegte sich Friedrich keinen Zwang auf. Er fuhr die Kellner an, fluchte und schimpfte über das Essen und trank eine ganze Flasche schweren Rotwein.

Zum Glück für Mariska fühlte er sich nach dem Essen sehr müde, und sobald Josef ihn zu Bett gebracht hatte, schlief er ein.

Mariska war frei. Zumindest für eine Stunde.

Sie wußte, daß die Duchesse an diesem Tag ausgegangen war. Deshalb trat sie auf den Balkon hinaus, genoß den Anblick des Tales und dachte daran, wie glücklich sie an diesem Morgen gewesen war, als sie mit Lord Arkley unter den hohen Tannen dahinritt.

Dann kam ihr der nächste Morgen in den Sinn, an dem sie wieder mit Lord Arkley zusammensein würde.

Sie überlegte sich, daß es klüger wäre, sich nicht jeden Abend mit Lord Arkley im Garten des Hotels zu treffen, auch wenn sie sich noch so sehr nach ihm sehnte.

Zum einen bestand die Gefahr, daß jemand sie beobachtete, zum anderen sagte sie sich, daß es unter dem Vorhang der Weidenzweige unmöglich sein würde, ihre Liebe rein und platonisch zu bewahren.

Es war schwierig für sie, sich beim Gedanken an Lord Arkley nicht vorzustellen, wie es sein würde, wenn er sie in die Arme nahm und küßte. Sie sehnte sich nach seiner Nähe, und noch heute morgen hatte er ihr gestanden, daß es ihm nicht anders ergehe. Und da sie sich so erstaunlich gut in ihn hineinversetzen konnte, wußte sie, welche Willenskraft es ihn kostete, sich unter Kontrolle zu halten, wenn sie allein waren.

»Wenn ich ihm erlaubte, mich zu berühren, wäre das nicht nur ein Akt der Untreue gegen Friedrich, sondern auch eine Sünde gegen Gott«, murmelte sie.

Dennoch konnte sie nicht verhindern, daß jeder Nerv ihres Körpers, jede Faser ihres Wesens nach ihm verlangte, und sie wußte, daß es ihm nicht anders erging, daß auch in ihm das Feuer der Leidenschaft brannte und er kaum noch imstande war, es zu zügeln.

»Ich darf ihn nicht in Versuchung führen«, flüsterte sie und dachte im gleichen Moment, wie wundervoll es sein würde, wenn ihr dies erlaubt wäre.

Die Sonne auf dem Balkon war heiß, und die Hitze war so stark, daß Mariska nach drinnen ging und sich dort am offenen Fenster in einem Sessel niederließ.

Der Ritt, die Hitze und die Intensität ihrer Gefühle machten sie trotz des Glücksgefühls, das sie erfüllte, müde. Sie schlief ein.

Entsetzt wachte sie auf, als aus dem Nebenzimmer Friedrichs Geschrei drang.

Seine laute, durchdringende Stimme zerrte an ihren Nerven wie immer. Hastig sprang sie auf, bevor sie feststellte, daß er lediglich in seiner gewohnt aggressiven Art nach Josef rief.

Sie ging zur Verbindungstür und öffnete sie leise. Sie sah Josef, der eben den Raum betrat.

»Königliche Hoheit haben gerufen?«

»Natürlich habe ich das, du Dummkopf!« schrie Friedrich.

Mariska schloß die Tür.

Sie konnte es nicht mit ansehen, wenn ihr Mann den Diener beschimpfte, dessen Treue und Aufopferungsbereitschaft mit Gold nicht aufzuwiegen waren.

Am Nachmittag hatte Prinz Friedrich eine weitere Behandlung, und bald befanden sie sich auf dem Weg zur Klinik, in der er seine speziellen Massagen zur Stärkung der Rückenmuskulatur und der gelähmten Beine erhielt.

Sie hatten das Hotel eben verlassen, als die Duchesse ihnen entgegenkam.

Sie sah sehr elegant aus mit dem kleinen spitzenbesetzten Sonnenschirm, der sie gegen die Sonne schützte. In ihrer Begleitung befand sich ein Gentleman, der in ihrem Alter sein mußte.

»Da kommt die Duchesse von Vallière«, machte Mariska ihren Mann auf die beiden aufmerksam.

»Ich habe noch Augen im Kopf«, gab Friedrich rüde zurück. »Ich mag diese Frau nicht, und erst recht mag ich keine Franzosen als Freunde.«

»Ich kenne sie schon mein ganzes Leben lang«, sagte Mariska in flehendem Ton. »Bitte, Friedrich, sei nett zu ihr!«

Doch schon während sie diese Bitte äußerte, sah sie auf dem Gesicht ihres Mannes, daß dieser entschlossen war, die Duchesse zu brüskieren.

»Mariska, wie entzückend, dich zu sehen!« rief die Duchesse. Dann schenkte sie dem Prinzen ein freundliches Lächeln und fügte hinzu:

»Ich hoffe, Sir, Sie fühlen sich besser und Marienbad tut Ihnen gut.«

»Wenn es mir guttun soll«, entgegnete der Prinz scharf, »dann kann ich es mir nicht leisten, meine Zeit mit dummem Gerede zu verschwenden.«

Er gab Josef ein Zeichen mit der Hand, weiterzufahren, und ließ die Duchesse stehen, ohne auch nur den Hut zu ziehen.

Mariska blickte sie flehend an.

»Es – tut mir leid«, murmelte sie.

»Ist schon in Ordnung, *ma petite*«, sagte die Duchesse. »Ich verstehe.«

Sie senkte die Stimme und setzte hinzu:

»Besuch mich, sobald du kannst!«

Mariska lächelte sie dankbar an. Dann sah sie, daß Friedrich schon ein gutes Stück von ihr entfernt war, und eilte ihm nach.

»Dieser Mensch ist unmöglich!« sagte der Begleiter der Duchesse entrüstet. »Wenn er nicht ein so kranker Mann wäre, würde ich ihm eine deutliche Lektion erteilt haben.«

»Können Sie sich vorstellen, welch eine Hölle das Leben mit diesem Ungeheuer für meine arme Mariska ist?« fragte die Duchesse mit stockender Stimme.

Sie nahm den Arm ihres Begleiters, und der legte beruhigend seine Hand auf die ihre.

»Wir können nur hoffen, daß der Prinz nicht sehr alt wird«, sagte er.

»Es mag eine Gotteslästerung sein«, erwiderte die Duchesse, »aber darum bete ich schon seit langem.«

Mariska hatte den Prinzen wieder eingeholt und folgte ihm schweigend. Deutlicher war ihr noch nie zu Bewußtsein gekommen, daß ihr Mann alles tat, um sie von den Menschen zu isolieren.

Die Duchesse mochte seine rüde Art nicht beachten, aber wie viele Menschen gab es, die ein solches Verhalten zu tolerieren vermochten?

Sie nahm sich vor, sich bei der Duchesse noch vor dem Abend für die Beleidigung ihres Mannes zu entschuldigen, mochte Friedrich sie daran zu hindern versuchen oder nicht.

Die Gelegenheit dazu bot sich nach dem Tee, als er sich in die Zeitungen vertiefte, von denen ihm täglich einige aus Deutschland nachgeschickt wurden.

Ohne ein Wort der Erklärung verließ Mariska die Suite und stieg ins Erdgeschoß hinunter, wo die Wohnung der Duchesse lag.

Sie war allein, und als Mariska ihr gemeldet wurde, streckte sie ihr beide Arme entgegen. Mariska lief auf sie zu und warf sich neben ihrem Sessel auf die Knie.

»Es tut mir so leid, Madame!« rief sie. »Es war unentschuldbar von Friedrich, sich Ihnen gegenüber so rüde zu benehmen. Sie wissen, es geschah nur, weil Sie meine Freundin sind und ich Sie mag.«

»Ich weiß, ich weiß, *ma petite*«, erwiderte die Duchesse. »Und du brauchst dich wirklich nicht zu entschuldigen.«

Sie sah die Tränen in Mariskas Augen und fuhr mit einem Lächeln fort:

»Reden wir von etwas Angenehmerem! Hast du den Ritt heute morgen genossen?«

»Es war wundervoll! So wundervoll, daß ich es Ihnen gar nicht zu schildern vermag. Ich lebe nur noch für morgen früh, wenn ich wieder fort sein und alles vergessen kann.«

Bei diesen Worten kam ihr der Gedanke, indiskret gewesen zu sein, doch die Duchesse legte die Arme um sie und drückte sie an sich.

»Vergiß alles andere!« sage sie. »Aber sei vorsichtig! Ich möchte nicht, daß man über dich redet. Die Menschen hier haben scharfe Zungen.«

»Sie glauben, man spricht über mich, weil ich mit Lord Arkley ausreite?«

»Zum Glück wissen nur wenige davon«, antwortete die Duchesse. »Doch Jan Arkley ist, wie du weißt, ein sehr attraktiver Mann. Und Frauen mögen nun einmal keine Rivalinnen.«

Mariska seufzte, dann erhob sie sich.

Sie nahm in einem Sessel Platz. Ein besorgter Ausdruck lag in ihren Augen.

»Ich möchte nicht, daß Lord Arkley irgendwelche Schwierigkeiten bekommt.«

»Das wird er schon nicht«, beruhigte die Duchesse sie.

»Du bist es, um die ich mir Sorgen mache, Liebes. Du weißt so gut wie ich, daß die Menschen gern alles mißverstehen. Besonders, wenn es sich um eine Freundschaft zwischen einem Mann und einer verheirateten Frau handelt.«

»Ich kann mich aber nicht weigern, mit ihm auszureiten«, sagte Mariska leise.

»Nein, natürlich nicht«, gab die Duchesse ihr recht. »Aber ich muß dich warnen, Liebes. Zu deinem eigenen Besten.«

Mariska wußte plötzlich, daß sie sich von niemandem, mochte er noch so gehässig und eifersüchtig sein, daran hindern lassen würde, an den wenigen Tagen, die ihr noch blieben, mit Lord Arkley zusammenzusein.

Doch mit der Duchesse wollte sie darüber jetzt nicht diskutieren. Bewußt wechselte sie das Thema und bat die Freundin, ihr von dem Luncheon zu erzählen, an dem sie teilgenommen hatte. Und da die Duchesse gerne redete und auch stets etwas Witziges und Amüsantes zu sagen hatte, lachten sie beide bald fröhlich miteinander.

Zehn Minuten später meinte Mariska zögernd:

»Ich fürchte, ich muß gehen. Friedrich wird zornig auf mich sein, wenn er erfährt, wo ich gewesen bin. Aber ich wollte unter allen Umständen kommen und mich für ihn entschuldigen.«

»Dazu gab es keinen Grund«, antwortete die Duchesse. »Und viel Spaß morgen früh, *ma petite.*«

Sie sah das Leuchten auf Mariskas Zügen, und als die junge Frau gegangen war, saß sie eine Zeitlang nachdenklich und mit sorgenumwölkter Stirn in ihrem Sessel.

Es gab keinen Zweifel. Dieses unerfahrene Kind, das Mariska in ihren Augen war, hatte sich Hals über Kopf und rückhaltlos in Lord Arkley verliebt.

Was war das bessere für Mariska? Das Leid und den Schmerz einer aussichtslosen Liebe zu erleiden oder niemals, nicht einmal für kurze Zeit, das Glück und die Wonnen der Liebe zu erleben.

Sie wußte keine Antwort auf diese Frage.

Sie konnte nur hoffen, daß Lord Arkley sich der Einmaligkeit Mariskas bewußt war. Daß er längst erkannt hatte, wie wenig sie mit einer der Frauen zu vergleichen war, die er bisher geliebt hatte.

Als Mariska die Suite betrat, stellte sie fest, daß Friedrich sie noch nicht vermißt hatte. Es war nämlich ein Besucher da.

Auf dem Stuhl im Vestibül lagen ein Spazierstock und ein dunkler Homburger. Mariska fragte sich, wer der Besucher sein könne. Dann fiel ihr Admiral von Senden ein. Während er zur Kur in Marienbad weilte, würde er keine Uniform tragen. Als er und General von Eckartstein Friedrich vor einigen Tagen aufgesucht hatten, waren sie ja in offizieller Mission gekommen.

Sie hoffte, daß es nur ein Anstandsbesuch war.

Doch dann kam ihr mit aufsteigendem Ärger der Verdacht, daß der Admiral vermutlich gekommen war, um Friedrichs Bericht darüber entgegenzunehmen, was seine Frau inzwischen aus Lord Arkley an Informationen herausgelockt hatte.

Der Gedanke an den infamen Plan machte sie so zornig, daß sie drauf und dran war, in den Salon zu gehen und den beiden Männern ihre Verachtung einfach ins Gesicht zu schleudern.

Doch dann fiel ihr ein, wie sehr sie Friedrich damit erzürnen und sich gleichzeitig die Möglichkeit versperren würde, Lord Arkley am nächsten Morgen wiederzusehen.

Ein Gefühl des Angewidertseins überkam sie, und sie ging auf ihr Zimmer.

Das Mädchen kam, um ihr ein Bad einzulassen, und während sie in dem warmen, duftenden Wasser lag, dachte Mariska an den See und die Nebel, die das gegenüberliegende Ufer bedeckten.

Immer noch träumend, zog sie das Kleid über, das die Zofe ihr herausgeholt hatte. Sie schenkte ihm nicht einmal einen Blick und betrachtete sich nur kurz im Spiegel, bevor sie in den Salon ging.

Friedrich war noch nicht aufgestanden. Sie trat ans Fenster, um in den Garten zu schauen.

Die Hitze hatte ein wenig nachgelassen. Wolken waren aufgezogen, aber es war immer noch schwül und drükkend. Am Abend würde es sicher ein Gewitter geben.

Die Klänge der Kurkapelle wehten zu ihr herüber. Im Kurpark saßen jetzt wohl die Gäste und tranken nicht nur das Wasser der Heilquelle, sondern auch frischen Orangensaft oder einen der leichten, köstlichen Weine, die in Böhmen angebaut wurden.

Mariska hatte plötzlich das Verlangen, mitten unter ihnen zu sitzen, ein unbeschwertes junges Mädchen, das die abenteuerliche Zeit des Verliebtseins, die Suche nach einem Ehemann und die Vorbereitungen auf die Heirat als Beginn eines neuen Lebens noch vor sich hatte.

Jäh wurde sie aus ihren Träumen herausgerissen, als sich die Tür des Salons öffnete. Friedrich wurde von Josef ins Zimmer gefahren.

Ein Blick auf ihn genügte, um Mariska zu zeigen, in welch schlechter Laune er war. Augenblicklich verkrampfte sich ihre Haltung, und ihr Herz zog sich wie immer, wenn Friedrich in ihre Nähe kam, schmerzhaft zusammen.

»Es ist sehr schwül heute abend«, bemerkte sie und dachte gleichzeitig, wie dumm diese Worte waren. Aber alles Blut war ihr aus dem Kopf gewichen, und ihr fiel einfach nichts Besseres ein.

Friedrich gab ihr weder eine Antwort, noch würdigte er sie eines Blickes.

Josef hatte ihn an seinen Platz geschoben und zog nun einen Stuhl für Mariska unter dem Tisch hervor.

Sie setzte sich, und die Kellner kamen mit dem Essen.

Sie hatte das Menü zusammengestellt, und da sie es als peinlich empfand, daß keiner von ihnen ein Wort sprach, sagte sie nach kurzem Schweigen:

»Ich hoffe, der erste Gang wird deine Zustimmung finden. Der Mâitre d'Hôtel hat ihn besonders empfohlen.«

Wieder antwortete Friedrich nicht, und Mariska wußte, daß etwas Schreckliches geschehen sein mußte.

Sie war es gewohnt, daß er mit ihr zankte und sie anschrie, daß er die Kellner beleidigte und am Essen herumnörgelte. Doch dieses undurchdringliche Schweigen war neu. Es hatte etwas Bedrohliches für sie.

Der Besuch des Admirals muß ihn furchtbar aufgeregt haben, dachte sie.

Doch sie konnte Friedrich unmöglich fragen, was geschehen war, solange die Kellner im Raum waren.

Sie aßen schweigend, die Aufeinanderfolge der einzelnen Gänge kam Mariska endlos vor. Die Atmosphäre wurde immer bedrückender, da Friedrich die ganze Zeit über kein einziges Wort äußerte und nicht ein einziges Mal von seinem Teller aufblickte.

Gewöhnlich spülte er jeden Bissen, den er zu sich nahm, mit einem Schluck Wein hinunter, aber an diesem Abend rührte er keinen Tropfen an. Er aß langsam und stierte brütend vor sich hin.

Mariska wußte nicht, wie sie das ungewohnte Verhalten ihres Mannes deuten sollte, sie wußte nur eins, daß sie plötzlich von einer entsetzlichen Angst befallen wurde.

Schließlich hatten sie das Dinner beendet. Die Kellner brachten den Kaffee, stellten eine Karaffe Rotwein und eine Karaffe Brandy auf den Tisch und zogen sich zurück.

Mariska trank ihren Kaffee in kleinen Schlucken, und

als Josef dann ebenfalls das Zimmer verlassen hatte, raffte sie sich zu der Frage auf:

»Ist etwas nicht in Ordnung, Friedrich? Es ist so ungewöhnlich, daß du kein einziges Wort mit mir sprichst.«

Er antwortete noch immer nicht, goß bedächtig seinen Brandy ein und leerte ihn in einem Zug.

»Willst du mir nicht sagen, was geschehen ist, Friedrich?« fragte Mariska.

Als er weiterhin schwieg, erhob sie sich von ihrem Stuhl und sagte:

»Gute Nacht, Friedrich!«

Sie wartete einen Moment, und als er immer noch nicht sprach, wandte sie sich zur Tür.

Sie war ganz sicher, daß er sie zurückrufen würde, noch bevor sie den Türgriff in der Hand hatte. Doch diesmal ließ er sie gehen, und Mariska begab sich auf ihr Zimmer.

Sie hatten an diesem Abend spät gegessen, und das Dinner hatte sich auch länger hingezogen als gewöhnlich, doch es war noch keine zehn.

Mariska trat ans Fenster.

Sollte sie in den Garten hinuntergehen? Nein, entschied sie. Es würde ein Fehler sein.

Der Wunsch, Lord Arkley wiederzusehen, war so übermächtig in ihr, daß sie drauf und dran war, ihm nachzugeben. Es drängte sie, ihm zu sagen, daß sie eine so entsetzliche Angst habe, ihm zu sagen, wie sehr sie ihn brauche.

Sie wußte, wenn sie jetzt nach unten ging und er unter der Weide auf sie wartete, sie würde sich nicht länger beherrschen können und sich in seine Arme werfen.

Weil sie sich so verzweifelt nach ihm sehnte und gleichzeitig wußte, daß sie für nichts mehr garantieren konnte, wenn sie mit ihm zusammen war, gab sie sich einen energischen Ruck und begann damit, sich auszukleiden.

Da sie glaubte, die Dienerin wäre noch beim Essen, klingelte sie nicht eher nach ihr, bis sie das Nachtgewand übergestreift hatte und fertig war für die Nacht.

Helga mußte jedoch schon wieder oben gewesen sein, denn unmittelbar nach dem Läuten betrat sie das Zimmer.

»Eure Königliche Hoheit sind schon ausgezogen?« rief sie.

»Ja, Helga. Ich habe nicht geläutet, weil ich glaubte, du wärest noch beim Essen im Steward's-Raum.«

»Ich konnte heute abend keinen Bissen hinunterbekommen, Eure Königliche Hoheit. Es ist mir zu heiß. Kann ich Ihnen noch irgend etwas bringen?«

»Nein, danke, Helga.«

Das Mädchen ließ die Jalousie herunter.

»Das Fenster werde ich offen lassen, Eure Königliche Hoheit«, sagte sie. »Aber so, wie es aussieht, gibt es in dieser Nacht bestimmt ein Gewitter. Sie müssen dann daran denken, das Fenster zu schließen.«

»Das werde ich tun, Helga«, erwiderte Mariska.

»Soll ich Eure Hoheit morgen wieder in der Frühe wecken – wie an den letzten Tagen?«

»Ja, bitte, Helga. Um Viertel nach sechs. Ich möchte ausreiten.«

»Gut. Ich werde pünktlich sein, Eure Hoheit.«

Helga legte sich das Kleid, das Mariska getragen hatte, über den Arm und knickste.

»Gute Nacht, Hoheit.«

»Gute Nacht, Helga, und vielen Dank.«

Das Mädchen verließ das Zimmer, und Mariska schlüpfte unter die Decke.

Sie legte sich auf den Rücken und schaute nachdenklich zum Fenster hinüber.

Nach einer Weile hörte sie, wie Josef den Rollstuhl in Friedrichs Zimmer schob.

Friedrich war immer noch stumm wie ein Fisch, und Mariska wurde immer unbehaglicher zumute.

Was kann der Admiral ihm nur gesagt haben? fragte sie sich und hatte nicht den Mut, ihre Ahnung in klare Worte zu fassen.

Durch die Verbindungstür zwischen den Schlafräumen vermochte Mariska jeden Laut von nebenan deutlich zu hören.

Aber an diesem Abend herrschte dort eine fast gespenstige Stille. Nur Josef sprach hier und da ein Wort, gefolgt von leisen Knurrlauten seines Herrn.

Mariska schrak zusammen, als dann plötzlich Friedrichs scharfe Stimme erklang.

»Ich will Kaffee – schwarzen Kaffee!«

»Dazu muß ich nach unten gehen, Königliche Hoheit.«

»Nun, wer hindert dich daran. Und bring mir ein paar Pfirsiche mit, reife Pfirsiche! Ich habe sie zum Dessert heute abend vermißt.«

»Soll ich Eure Hoheit nicht zuerst für die Nacht fertig machen?«

»Nein, das eilt nicht. Ich will Kaffee und Pfirsiche. Nun geh schon und hol sie!«

Mariska glaubte fast zu sehen, wie Josef zögerte, bevor er dem Befehl Friedrichs gehorchte. Dann hörte sie ihn sagen:

»Sehr wohl, Hoheit. Ich werde so schnell wie möglich zurücksein.«

Seine Schritte waren im Vestibül zu hören, dann fiel die Tür der Suite ins Schloß.

Mariska lauschte in höchster Anspannung.

Nebenan blieb es still. Sie wollte sich eben wieder in die Kissen zurücklehnen, als sie plötzlich Friedrichs Stimme hörte:

»Hilfe! Hilfe! Mariska, hilf mir!«

Im ersten Augenblick glaubte sie, sich verhört zu haben. Dann setzte sie sich im Bett auf, und wieder ertönte Friedrichs Stimme aus dem Nebenzimmer – diesmal viel schwächer als zuvor:

»Hilfe!«

Sie hatte das Gefühl, es müßte etwas Furchtbares geschehen sein. Sie sprang aus dem Bett und eilte, ohne Licht zu machen, zu der Verbindungstür.

Sie öffnete sie und sah Friedrich, der mitten im Zimmer saß und sie anblickte.

Völlig angezogen saß er in seinem Rollstuhl, und während sie sich noch fragte, weshalb er nach ihr gerufen hatte, sah sie die Pistole in seiner Hand.

Es war eine der beiden Waffen, die er seit dem Unfall stets geladen in seinem Nachttisch aufbewahrte.

Nie wieder hatte er einem Angreifer unbewaffnet gegenüberstehen wollen. Zu spät begriff sie, welcher Gefahr sie in all den Jahren ausgesetzt gewesen war mit einer solchen Waffe in Friedrichs Reichweite.

»Komm herein, Mariska«, sagte Prinz Friedrich.

Sekundenlang war Mariska wie erstarrt, dann sagte sie.

»Ja, ich . . . ich ziehe mir nur den Morgenrock über.«

»Du kommst augenblicklich her, oder ich schieße dich einfach über den Haufen.«

Er ist wahnsinnig geworden, durchzuckte es sie. Doch dann gehorchte sie. Sie wußte aus Erfahrung, daß jeder Ungehorsam oder Widerspruch ihn derart reizen konnte, daß er imstande war, seine Drohung unverzüglich in die Tat umzusetzen.

Langsam machte sie einige Schritte in den Raum.

»Was willst du mit der Waffe, Friedrich?«

»Dich töten«, antwortete er.

»Aber – warum?«

»Weil du nicht imstande bist, mir auch nur den kleinsten Wunsch zu erfüllen – weil du nicht nur mich enttäuscht hast, sondern auch den Kaiser.«

Mariska atmete tief ein.

Jetzt wußte sie, warum Admiral von Senden den Prinzen besucht hatte. Um ihn wissen zu lassen, daß man keine weitere Verwendung mehr für seine Dienste hatte.

»Es tut mir leid, wenn dies der Fall ist«, sagte sie laut. »Aber du hast mir ja kaum Zeit gelassen.«

»Wilhelm ist ein ungeduldiger Mann, und ich bin es auch«, sagte Friedrich. »Ich gelte bei ihm nun als Versager, weil du versagt hast. Und du wirst dafür büßen, Mariska, so wie ich büßen muß.«

»Es tut mir leid, daß du meinetwegen Ärger bekommen hast«, sagte Mariska, »aber du hast mir eine fast undurchführbare Aufgabe gestellt. Ich bin nicht die richtige Frau zum Spionieren, Friedrich – was immer deine deutschen Auftraggeber davon halten mögen.«

Sie hatte sich in eine gewisse Erregung geredet, und in ihrer Stimme war ein deutlicher Klang von Empörung.

Prinz Friedrich hob drohend die Pistole.

»Himmel, wie ich dich hasse!« schrie er. »Alles an dir ist mir zuwider. Es wird der erste erträgliche Augenblick nach drei unerträglichen Jahren für mich sein, wenn ich dich tot zu meinen Füßen liegen sehe.«

Mariskas Zorn war inzwischen größer als ihre Angst.

»Und welche Erklärung wirst du für deine Tat finden?« fragte sie. »Es wird nicht so einfach sein, der Strafe zu entgehen, die auf Mord steht. Man wird einen Mann, der so krank ist wie du, zwar nicht hängen. Aber mit dem Kerker wirst du in jedem Fall rechnen müssen.«

»Den Galgen nehme ich gern in Kauf, wenn du nur tot bist!«

»Das stimmt nicht!« widersprach Mariska. »Ich mag zwar entbehrlich für dich sein, aber du hängst am Leben. Du hast immer am Leben gehangen, Friedrich.«

»Und wenn schon! Ich werde dich dennoch töten!«

»Na schön«, erwiderte sie. »Dann laß dich nicht davon

abhalten! Ich hoffe nur, du findest eine plausible Erklärung, die du deinem geliebten Kaiser für deine Tat geben wirst. Denn eins steht fest: Der Skandal, den du damit heraufbeschwörst, wird ihm gewiß nicht recht sein.«

Sie bemerkte das unruhige Flackern in den Augen des Prinzen und wußte, daß sie ins Schwarze getroffen hatte. An den Skandal, den er verursachen würde, wenn er sie erschoß, hatte er offensichtlich noch nicht gedacht.

Sie hatte ihn verunsichert. Langsam ging sie auf ihn zu und streckte ihm die Rechte entgegen.

»Gib mir die Pistole, Friedrich! Wenn du mich nicht mehr in deiner Nähe haben willst, werde ich fortgehen. Aber erspare Deutschland den Skandal, der entsteht, wenn der Großherzog von Wildenstein seine Ehefrau ermordet.«

Sie wußte, daß sie ihn überzeugt hatte, denn er sträubte sich nicht dagegen, daß sie ihm die Waffe aus der Hand nahm. Ruhig ging sie zum Schreibtisch und legte die Pistole auf die Tischplatte.

»Es tut mir leid, Friedrich, daß ich dich aufgeregt habe, aber Lord Arkley ist nicht der Mann, der einer Frau Staatsgeheimnisse verrät. Keiner Frau – am wenigsten mir.«

»Du hast es gar nicht erst versucht. Du hast mich im Stich gelassen. Wie konntest du nur so hirnlos, so dumm sein, ihm nicht wenigstens eine brauchbare Information für Wilhelm zu entlocken!«

»Der Kaiser hätte jemanden mit der Aufgabe betrauen sollen, der mehr Erfahrung in diesem schmutzigen Geschäft besitzt. Ich eigne mich nicht zur Spionin des Kaisers.« Mariska hatte sich in eine immer stärker werdende Erregung hineingesteigert. Das Haupt stolz erhoben und in aufrechter Haltung stand sie vor Friedrich. Sie machte eine verächtliche Handbewegung und fuhr fort: »Aber welchen Sinn hat es schon, noch darüber zu reden? Gute Nacht, Friedrich!«

Sie wollte sich zum Gehen wenden, als sie bemerkte, daß Friedrichs Kopf nach vorn gesunken war.

Sie ging einen Schritt auf ihn zu.

»Friedrich? Was ist?«

Er bewegte sich nicht. Das Kinn lag auf seiner Brust, und seine Arme hingen zu beiden Seiten des Rollstuhls hinab.

»Friedrich!«

Der Gedanke durchzuckte sie, daß er einen Schlag bekommen haben könne. Sie trat näher, um ihm die Hand auf die Stirn zu legen.

Doch als sie ihn berührte, packten seine Hände ihren Arm und hielten ihn fest.

»Friedrich – laß mich los!« schrie sie.

Doch er gab sie nicht frei.

»Nun wirst du deine wohlverdiente Strafe bekommen. Du magst mich davon abgehalten haben, dich mit einer Kugel zu töten, doch keine Macht der Erde wird mich davon abhalten, dich zu Tode zu prügeln.«

Mit der Linken umklammerte er ihr Handgelenk und zog sie halb über seine Knie, mit der Rechten holte er die dünne Lederpeitsche hervor, die er unter der Wolldecke verborgen hatte.

Mariska hörte das Leder durch die Luft sausen, bevor sie den brennenden Schmerz auf ihrem Rücken spürte.

Sie bäumte sich auf und glitt zu Boden. Doch noch immer ließ er nicht los. Sie lag nun vor den Fußstützen seines Rollstuhls und damit genau dort, wo er sie haben wollte.

Wieder und wieder brannte die Peitsche über ihren Rücken, und obwohl sie sich verzweifelt zur Wehr setzte, Friedrichs Griff war wie eine Eisenklammer um ihr Handgelenk, der sie sich nicht zu entwinden vermochte.

Wie von Sinnen schlug er auf sie ein, und sie wußte, daß er die Wut an ihr ausließ, die sich in ihm angestaut hatte, seit es für ihn feststand, daß der Kaiser auf seine Dienste verzichtete und ihn nicht mehr brauchen konnte.

Die Wut verlieh ihm ungeahnte Kräfte. Er hatte an diesem Abend weniger getrunken als sonst, und daher enthemmte ihn der Alkohol, ohne ihn zu schwächen.

Mariska fühlte, wie der dünne Stoff des Nachtgewandes unter den Peitschenhieben zerfetzte. Der Schmerz brannte sich in ihr Fleisch wie glühende Eisenstangen.

Obwohl sie entschlossen war, nicht zu schreien, hörte sie einen wilden Schrei, der ihr vorkam wie der Schrei eines Tieres in Todesnot.

Der Schrei ertönte wieder und wieder, und als dann der Schmerz unerträglich wurde, ertönte durch den Wald einer immer undurchdringlicher werdenden Finsternis Josefs Stimme an ihr Ohr.

»Hoheit! Halten Sie an, Hoheit!«

»Sie muß sterben! Sie muß sterben, wie sie es verdient hat – Verräterin, die sie ist!«

»Hören Sie auf, Hoheit! Das können Sie nicht tun. Sie ist Ihre Gemahlin!«

»Meine Gemahlin? Diese Kreatur? Eine Landesverräterin ist sie – nicht wert, meinen Namen zu tragen!«

Er rang nach Luft, dann fuhr er mit Schreien fort:

»Aus dem Weg mit dir! Sie hat den Tod verdient. Sie wird sterben. Sterben für das, was sie mir angetan hat! Ich werde sie töten – töten. Verräter haben den Tod verdient – den Tod!«

Die Worte klangen wie das Fauchen eines wilden Tieres. Und irgendwo in der Nähe ertönten die Laute eines anderen Tieres – leise, wimmernd. Eines kleinen Tieres, das in eine Falle geraten war.

Ein Pistolenschuß brach auf, mitten in dieses Fauchen und Wimmern, und das Echo des Schusses schien in dem engen Raum nicht verhallen zu wollen.

Lord Arkley hatte mit König Edward in dessen Suite das Dinner eingenommen.

Es war die Art von Dinnergesellschaft, die der König am meisten mochte. Anschließend erfolgte wie üblich der Besuch des Spielkasinos, und den Abschluß bildete ein Nachtmahl mit einer charmanten Gastgeberin.

Die sechs Gäste waren ausnahmslos gute Freunde des Königs. Jeder konnte völlig offen mit den anderen reden.

Unter den Geladenen befand sich natürlich auch der Marquis da Soveral, der bei der Tischgesellschaft mit seinem Witz und seinem Humor für eine ausgezeichnete Laune sorgte.

Das Essen war hervorragend, die Weine von auserlesenem Geschmack. Als der Port die Runde gemacht hatte, lehnte sich der König behaglich in seinem Sessel zurück und zündete sich eine seiner unvermeidlichen Zigarren an.

»Da fällt mir ein, Sir, ich habe Ihnen eine Kiste mit sehr alten Havannas mitgebracht«, sagte Lord Arkley. »Ich wollte sie Ihnen gleich nach meiner Ankunft geben, aber ich hab's vergessen. Sie sollen aus einem Tabak hergestellt sein, der nicht in den Export gelangt, wurde mir gesagt.«

»Oh, ich glaube, ich habe schon davon gehört, Arkley«, erwiderte der König. »Würde gern mal eine davon probieren. Lassen Sie die Kiste doch von einem der Diener holen!«

»Nein, nein«, antwortete Lord Arkley, »ich springe schnell selbst rüber. Ich habe sie in einer Schublade, die abgeschlossen ist.«

»Was bewahren Sie sonst noch darin auf, Arkley?« fragte jemand. »Staatsgeheimnisse oder – Liebesbriefe?«

»Weder noch«, erklärte Arkley. »Aber ich bezweifle, ob Sie mir das abnehmen.«

Sie lachten über diese Bemerkung, und er verließ den Raum. Über den Korridor ging er zu seiner Suite.

Draußen begann es zu donnern, und er dachte, daß Mariska an diesem Abend gewiß nicht unter der Weide auf ihn warten würde.

Der Gedanke machte ihn unglücklich. Die Zeit bis zum nächsten Morgen kam ihm endlos vor.

Er hatte noch nie eine Frau kennengelernt, die ihm das Gefühl gegeben hatte, daß jede Minute, die er nicht in ihrer Nähe weilte, wie eine Ewigkeit war.

Er sehnte sich nach Mariska wie ein Verdurstender. Er hatte das Bedürfnis, mit ihr zu reden, sie anzuschauen, ihre Nähe zu spüren.

Als er die Tür seiner Suite öffnete, waren seine Gedanken bei Mariska. Er trat ein und schaltete das Licht an.

Hawkins war vermutlich noch unten beim Abendessen.

Lord Arkley näherte sich der Kommode, in der die Kiste mit den Havannas lag. Er wollte eben den Schlüssel ins Schloß der Schublade stecken, als er einen Schrei zu hören glaubte.

Lauschend hob er den Kopf.

Er erinnerte sich an die erste Nacht, in der er Mariskas Schreie vernommen und erfahren hatte, daß Prinz Friedrich seine Frau mit der Peitsche schlug.

Ohne sich dessen, was er tat, bewußt zu werden, trat er durch das offenstehende Fenster auf den Balkon hinaus.

Der Schrei ertönte ein zweites Mal. Diesmal gab es für Lord Arkley keinen Zweifel mehr. Ein rascher Blick zur Nachbarsuite zeigte ihm, daß zwar im Salon kein Licht mehr brannte, doch aus dem Zimmer dahinter warmer Lichtschein drang.

War es möglich, daß dieses Ungeheuer Mariska wieder schlug? Und falls es so war, konnte er, Lord Arkley, das zulassen, ohne den Mann daran zu hindern?

Während er noch unentschlossen dastand und auf die Weinranken starrte, die die beiden Balkone voneinander trennten, krachte genau über dem Weimar ein Donner. Er war noch nicht ganz verhallt, als der qualvolle Schrei ein drittes Mal ertönte. Im nächsten Augenblick hörte Lord Arkley eine Männerstimme. Es mußte die von Josef sein.

Lord Arkley hielt den Atem an, denn nun war es die Stimme des Prinzen, die schrie:

»Aus dem Weg mit dir! Sie wird sterben. Sterben für das, was sie mir angetan hat. Ich werde sie töten – töten. Verräter haben den Tod verdient – den Tod!«

Dann war der Knall eines Pistolenschusses zu hören und fast im gleichen Moment ein erneuter Donnerschlag. Doch schon während der Blitz über den Himmel zuckte, hatte Lord Arkley das Trenngitter zwischen den Balkonen überstiegen.

Er rannte zu dem geöffneten Fenster und stürmte ins Zimmer. Er sah Mariska auf den Boden liegen, halbnackt, mit blutigen Striemen auf dem Rücken.

Der Prinz saß zusammengesunken in seinem Rollstuhl, die Peitsche immer noch in der Rechten. Der Griff der Linken um Mariskas Handgelenk lockerte sich, sein Arm sank nach unten.

Josef, die rauchende Pistole in der herabhängenden Hand, stand da wie zu Stein erstarrt. Fassungslos schaute er auf seinen Herrn. Unfähig, das Geschehene zu begreifen.

Lord Arkley erkannte die Situation mit einem Blick. Er ging auf Josef zu, der ihn anblickte und seltsam ruhig erklärte:

»Seine Hoheit hätte sie getötet. Er war fest dazu entschlossen.«

»Ich weiß«, erwiderte Lord Arkley voller Ingrimm.

Er beugte sich zu Mariska nieder und hob sie auf.

Sie murmelte etwas Unverständliches und schmiegte ihr Gesicht an seine Schulter.

»Alles ist in Ordnung«, sagte er sanft. »Er wird dir nie wieder weh tun.«

Er preßte sie an sich, dann sagte er:

»Josef?«

»Ja, M'lord?«

»Warum haben Sie ihn allein gelassen?«

»Er schickte mich in die Küche, um Kaffee zu holen, M'lord.«

Josef deutete mit der Hand auf die Kaffeekanne, die er auf dem Tisch abgestellt hatte. Eine Schale mit Pfirsichen stand daneben.

Lord Arkley nickte, dann sagte er:

»Gehn Sie wieder nach unten, Josef. Bringen Sie den Kaffee zurück und sagen Sie, Ihr Herr habe sich beschwert, daß er nicht heiß genug sei. Tun Sie so, als ob Sie sich lustig darüber machten, und wenn die Kanne neu gefüllt ist, kommen Sie wieder nach oben.«

»M'lord . . .«, stammelte Josef.

»Tun Sie genau, was ich Ihnen sage, für den Fall, daß jemand den Schuß gehört hat!« Lord Arkleys Stimme ließ keinen Widerspruch zu.

Noch während er sprach, dachte er, daß letzteres ziemlich unwahrscheinlich sein dürfte. Das Gewitter tobte genau über dem Weimar. Alle paar Sekunden zuckte ein Blitz, und fast zur gleichen Zeit krachte der Donner.

»Wenn Sie das Zimmer wieder betreten haben, stellen Sie fest, daß Seine Königliche Hoheit Selbstmord begangen hat.«

Einen Moment lang starrte Josef ihn an, als glaube er, Lord Arkley habe den Verstand verloren. Doch da er ein kluger, geistesgegenwärtiger Mann war und gewohnt zu gehorchen, begriff er rasch.

»Wenn Sie Ihren Herrn mit der Pistole in der Hand tot im Rollstuhl finden, werden Sie Ihre Herrin nicht mit dieser Nachricht beunruhigen«, sagte Lord Arkley. »Sie werden vielmehr versuchen, in der Nachbarsuite – es ist die meine, wie Sie wissen – Hilfe zu holen. Haben Sie verstanden?«

»Ja, M'lord, ich habe verstanden.«

»Dann gehen Sie jetzt! Sie sollten sich nicht beeilen. Alles muß völlig normal wirken. Aber halten Sie sich auch nicht unnötig auf. Holen Sie den Kaffee, und dann kommen Sie wieder zurück. Verstanden?«

»Verstanden, M'lord.«

»Legen Sie die Pistole auf den Tisch!«

Josef folgte dieser Anweisung, und als er dann das Kaffeetablett ergriff, sagte Lord Arkley:

»Was immer auch geschehen mag, Ihre Königliche Hoheit darf nicht in die Angelegenheit verwickelt werden. Ist das klar?«

Josef verneigte sich und verließ den Raum. Ruhig zog er die Tür hinter sich ins Schloß.

Lord Arkley trug Mariska vorsichtig in ihr Zimmer.

Nachdem er das Licht eingeschaltet hatte, legte er sie sanft auf ihr Bett.

Sie war halb bewußtlos, aber er glaubte, daß sie hörte, was er sagte, denn sie blickte ihn aus großen, schreckgeweiteten Augen an.

»Ich halte es für das beste, jeden Skandal zu vermeiden, mein Liebling. Überlaß die Sache also mir. Wenn ich die nötigen Vorkehrungen bezüglich Friedrich getroffen habe, werde ich das Mädchen schicken, damit es dich weckt und dir meldet, was geschehen ist. Zu deiner und Josefs Sicherheit darf kein Mensch jemals die Wahrheit erfahren.«

Er deckte sie zu, dann nahm er ihre kalte Hand und hob sie einen Augenblick lang an die Lippen. Anschließend kehrte er in den Salon zurück.

Er hob die Waffe auf, wischte sie sorgfältig mit seinem

Taschentuch ab und drückte sie Friedrich in die Hand, den Zeigefinger um den Abzug gekrümmt.

Ohne Hast verließ er die Suite, um den eigenen Wohnraum aufzusuchen und dort auf Josef zu warten.

Schon während er die Tür aufschloß, sah er den Diener mit dem Tablett den Korridor entlangkommen.

Nur wenige Minuten vergingen, als Josef bei ihm anklopfte und eintrat.

Der kleine Mann war blaß, doch gefaßt. Er blickte Lord Arkley an, und es bedurfte keines weiteren Wortes zwischen ihnen.

Zusammen gingen sie in die Nachbarsuite, wo Prinz Friedrich in zusammengesunkener Haltung in seinem Rollstuhl saß, einen großen Blutfleck auf der weißen gestärkten Hemdbrust.

»Sie bleiben hier, Josef«, befahl Lord Arkley. »Ich werde jetzt den Hoteldirektor aufsuchen, damit der Prinz abgeholt wird. Sie wissen von nichts. Haben nicht die geringste Ahnung, weshalb Ihr Herr etwas Derartiges getan hat. Sie wissen nur, daß er in letzter Zeit ständig über unerträgliche Schmerzen klagte.«

Josef nickte, und Lord Arkley verließ den Raum und ging hinunter zur Direktion.

Herr Hammerschmid war noch in seinem Büro.

Lord Arkley bat ihn um ein Gespräch unter vier Augen und wurde in ein kleines Hinterzimmer geführt.

Mit knappen Worten berichtete er dem Direktor, daß er zu seiner Suite gegangen sei, um etwas zu holen, als er geglaubt habe, einen Schuß zu vernehmen.

»Ich bin allerdings überzeugt, daß niemand sonst etwas davon gehört hat, da im selben Moment das Gewitter losbrach«, fügte er hinzu.

Herr Hammerschmid wartete gespannt, daß Lord Arkley weitersprach.

»Ich glaube«, fuhr Lord Arkley ruhig, aber nachdrücklich fort, »daß Prinz Friedrich einen ernst zu nehmenden Herzanfall erlitt. Ich bin sicher, daß der Hotelarzt dies bestätigen wird. Außerdem halte ich es für unumgänglich, daß Seine Hoheit umgehend in eine Klinik eingeliefert wird.«

Seine Augen begegneten denen von Herrn Hammerschmid, und Lord Arkley war sicher, daß sie beide einer Meinung waren.

Ein Skandal im Weimar, während König Edward sich dort aufhielt, hätte für das Hotel katastrophale Folgen nach sich gezogen.

Es gab kaum eine Nachricht, die die Nerven der Gäste mehr strapazierte, als die von einem Selbstmord.

Von Monte Carlo war bekannt, daß neun von zehn Gästen in einem solchen Fall das Hotel fluchtartig verlassen hatten.

Lord Arkley rechnete damit, daß es in Marienbad nicht anders sein würde und daß dies Herrn Hammerschmid genauso klar war wie ihm.

Der Direktor ging zur Tür und sprach draußen mit einem Pagen.

»Der Arzt wird in wenigen Minuten hier sein, M'lord«, sagte er zu Lord Arkley. »Darf ich vorschlagen, daß Sie zu Ihrer Dinnerparty zurückkehren. Ich sehe keinen Grund, weshalb heute abend noch jemand von dem tragischen Herzanfall erfahren sollte, den Seine Königliche Hoheit, der Prinz von Wildenstein, erlitten hat.«

»Das ist auch meine Meinung«, erwiderte Lord Arkley. »Vielleicht sind Sie so liebenswürdig, die Zofe Ihrer Königlichen Hoheit zu wecken und sie zu ihrer Herrin zu schicken, damit sie diese von dem Vorfall in Kenntnis setzt. Aber erst nachdem Seine Hoheit in die Klinik gebracht und dort alles Notwendige und Erforderliche für ihn getan wurde.«

»Sie können die Erledigung dieser Dinge getrost mir

überlassen, M'lord«, versicherte Herr Hammerschmid lebhaft. »Und sollte sich der Herzanfall Seiner Königlichen Hoheit morgen oder an einem der nächsten Tage als folgenschwer herausstellen, sind Eure Lordschaft natürlich der erste, der davon erfährt.«

»Das ist sehr aufmerksam von Ihnen«, entgegnete Lord Arkley. »Seine Königliche Hoheit ist ein alter Freund von mir.«

Unter vielen Verbeugungen geleitete Herr Hammerschmid ihn aus dem Büro.

Lord Arkley ging nach oben, holte die Zigarrenkiste aus der Schublade und kehrte zur Party des Königs zurück.

VII

Der Privatwaggon des Prinzen Miklós Esterházy, der auf dem Budapester Bahnhof auf Lord Arkley wartete, erwies sich als äußerst bequem und komfortabel.

Mehrere Diener in der schmucken Familienlivrée standen zu seiner Verfügung und sorgten auf das vorzüglichste für sein leibliches Wohl. Nachdem er ein Glas funkelnden Ungarnweins getrunken hatte, wurde ihm ein Mahl serviert, wie es in den berühmtesten Restaurants der Welt nicht schmackhafter und exzellenter hätte zubereitet werden können.

Leider befand er sich im Augenblick nicht in der rechten Verfassung, diese Köstlichkeiten in der richtigen Weise zu genießen. Ungeduldig sehnte er das Ende seiner Reise herbei. Er vermochte an nichts anderes zu denken als an das bevorstehende Wiedersehen mit Mariska.

Wie schon so oft in der Vergangenheit dachte er, daß er das längste Jahr seines Lebens hinter sich hatte.

Er war allerdings vernünftig genug zu wissen, daß sie keine andere Wahl gehabt hatten, als die Regeln der Konvention zu beachten, Mariska gehalten gewesen war, das übliche Trauerjahr nach dem Tod ihres Ehemannes einzuhalten.

Am Anfang hatte Lord Arkley sich damit abfinden können, aber mit dem zu Ende gehenden Sommer war er immer ungeduldiger geworden.

Als der König ihn dann schließlich gefragt hatte: »Kommen Sie auch in diesem Jahr mit nach Marienbad?« wußte er, daß die Qual des Wartens vorüber war und das ersehnte Glück vor der Tür stand.

Das Frustrierendste an der langen Wartezeit war die Tatsache gewesen, daß es keine Möglichkeiten gab, mit Mariska in irgendeiner Form in Verbindung zu treten.

Ihr Briefe zu schicken, hatte er für zu gefährlich gehalten, einfach weil sie zu leicht in unbefugte Hände gerieten. Und sich heimlich mit ihr zu treffen, war ihm wegen der vielen neugierigen oder sogar argwöhnischen Augen noch gefährlicher erschienen.

Der einzige Trost, der ihm nach jenem grauenvollen Abend, da er die Halbbewußtlose und mit blutigen Striemen Bedeckte zu Bett gebracht hatte, blieb, war die Gewißheit, daß die Duchesse bei ihr war.

Es hatte ihn eine fast unerträgliche Anstrengung gekostet, zur Party des Königs zurückzukehren und zu reden und zu lachen, als wäre nichts vorgefallen.

Und als die Gesellschaft zum Spielkasino aufgebrochen war, hatte Lord Arkley geglaubt wahnsinnig zu werden, wenn er noch länger in irgendwelchen Räumen eingesperrt bleiben müßte.

Also bat er den König um die Erlaubnis, sich zurückziehen zu dürfen und wanderte im Mondschein die Wege entlang, die er am Morgen mit Mariska im Sattel zurückgelegt hatte.

Er war sich bewußt, daß Gott ihm gnädig gewesen war, wie er es immer von ihm erfleht hatte. Die Zukunft erschien ihm auf einmal wie reines Gold. Eines Tages würden er und Mariska ein Paar sein.

Trotzdem gab es eine Reihe von Hindernissen und Schwierigkeiten, die zu überwinden waren.

Die größte Sorge bereitete ihm Mariskas Gesundheit. Gleich nach dem Tod des Prinzen hatte Lord Arkley sich die Frage stellen müssen, ob die geliebte Frau stark genug sein würde, die körperlichen und seelischen Belastungen auszuhalten, die nun auf sie zukamen. Da waren vor allem die Strapazen der Beisetzung, die mit großem Aufwand und Pomp erfolgen würde.

Und natürlich bestand da auch die Möglichkeit, daß die Wahrheit herauskam. Wenn offenkundig wurde, daß Friedrich von seinem Diener erschossen worden war, weil dieser verhindern wollte, daß der Prinz seine Ehefrau tötete, könnte das einen Skandal heraufbeschwören, der jede Monarchie in ihren Grundfesten erschüttern würde.

Doch in diesem Punkt waren Lord Arkleys Befürchtungen nicht allzu groß. Er war sicher, daß Josef Schweigen bewahren würde – nicht nur, um die eigene Haut zu retten, sondern vor allem, um Mariskas guten Namen zu schützen.

Als erfahrener Menschenkenner hatte Lord Arkley keinen Zweifel darüber, daß Josef es bei Friedrich nur ausgehalten, sein unerträgliches Verhalten und die unablässigen Kränkungen nur deshalb auf sich genommen hatte, weil er Mariska aufs höchste verehrte.

Und daher war es undenkbar, daß er etwas tat, das seine geliebte Herrin dem Spott und dem Hohngelächter der Weltöffentlichkeit aussetzen könnte.

Lord Arkley wußte auch, daß er sich auf den gesunden Menschenverstand von Herrn Hammerschmid verlassen durfte.

Kein Mensch fürchtete sich mehr vor Skandalgeschichten und deren Auswirkungen auf den eigenen guten Ruf als ein Hotelbesitzer.

Herr Hammerschmid war sehr stolz darauf, daß sein Haus nicht nur vom König von England, sondern auch von zahlreichen anderen Monarchen protegiert wurde.

Daß er dies um eines kleinen Großherzogs willen aufs Spiel setzen würde, war wohl kaum anzunehmen.

Lord Arkley hatte aus diesem Grund von Anfang an damit gerechnet, daß Herr Hammerschmid dafür Sorge tragen würde, daß man Friedrichs Leichnam in ein privates Pflegeheim schaffte, wo sich sein Zustand dann »derart verschlechterte«, daß sich jeder Besuch im Interesse des Schwerkranken absolut verbot.

Genauso war es dann auch geschehen.

Als sich Lord Arkley am nächsten Morgen nach Prinz Friedrich erkundigte, war ihm unter großem Bedauern mitgeteilt worden, daß Seine Königliche Hoheit Prinz Friedrich von Wildenstein einen erneuten schweren Herzanfall erlitten habe und das Ende des Tages wohl nicht mehr erleben werde.

In Windeseile verbreitete sich diese Nachricht in der Stadt. Man redete darüber in den Wandelgängen des Kreuzbrunnens und bei den abendlichen Partys.

Seltsamerweise zeigte sich kaum jemand überrascht, denn Prinz Friedrich mit seinem ständig hochroten und aufgedunsenen Gesicht und dem Ruf eines Trinkers galt bei den adligen Kurgästen als ein Mann, der nicht mehr allzu lange zu leben hatte.

»Armer Teufel!« bemerkte der König zu Lord Arkley. »Aber vielleicht ist der Tod das Beste, was ihm in seinem Zustand passieren kann.«

»Ich bin ganz Ihrer Meinung, Sir. Ich glaube, daß kaum jemand von uns unter derartigen Umständen weiterleben möchte.«

Der Marquis da Soveral unterbrach ihre Unterhaltung, indem er die neueste Anekdote zum besten gab. Das darauffolgende Gelächter vertrieb den Gedanken an Prinz Friedrich endgültig aus ihren Köpfen.

Sobald sie vom Kreuzbrunnen zurückgekommen waren, suchte Lord Arkley die Duchesse auf.

»Sie kommen sehr zeitig, M'lord«, sagte diese und streckte ihm die Rechte entgegen. »Ich nehme an, Sie beabsichtigen, mit mir über die besorgniserregende Verschlechterung im Zustand des Prinzen zu reden.«

»So ist es in der Tat, Madame«, erwiderte er und hob ihre Hand an die Lippen. »Ich mache mir große Sorgen um die Prinzessin.«

»Ich dachte es mir«, erwiderte die Duchesse. »Um ganz offen zu sein, ich glaube, daß Gott meine Gebete erhören wird.«

Ihre scharfen Augen begegneten denen Lord Arkleys in stummem Einverständnis.

»Der Grund meines Besuches, Madame, ist folgender«, sagte Lord Arkley dann. »Ich möchte Sie bitten, sich Mariskas anzunehmen, da ich dazu leider nicht in der Lage sein werde.«

»Das ist doch ganz selbstverständlich«, entgegnete die Duchesse. »Sobald Mariska sich kräftig genug fühlt, mich zu empfangen, werde ich alles Notwendige mit ihr besprechen. Was Sie angeht, Lord Arkley, wissen Sie so gut wie ich, daß Sie im Augenblick der Mensch sind, der sich unter allen Umständen von ihr fernhalten sollte.«

»Dessen bin ich mir bewußt.«

»Überlassen Sie nur alles mir«, sagte die Duchesse. »Aber besuchen Sie mich gegen Abend wieder. Dann werde ich Ihnen alles berichten, was Sie – wie ich weiß – unbedingt hören möchten.«

Von der Duchesse erfuhr Lord Arkley dann, daß die Prinzessin nach dem Vorgefallenen ganz zweifellos einen Nervenzusammenbruch erlitten hätte, wäre nicht ihre Liebe zu ihm es gewesen, aus der sie Trost und Kraft schöpfte.

»Sie trug mir auf, Ihnen zu sagen, daß sie unablässig an die Nebel über dem See denken würde«, ließ die Duchesse ihn wissen. »Sie sagt, Sie würden das verstehen.«

»Ja, das tue ich«, murmelte Lord Arkley leise.

»Sie sieht sehr erschöpft und zerbrechlich aus«, sagte

die Duchesse mit einem besorgten Klang in der Stimme. »Ich bin ihretwegen beunruhigt und fürchte, das alles könnte zuviel für sie werden.«

»Werden Sie ihr eine Botschaft von mir überbringen?« fragte er.

»Aber natürlich«, antwortete die Duchesse.

»Dann sagen Sie Mariska bitte, daß ich jenseits der Nebel auf sie warten werde.«

Die Duchesse gab Lord Arkleys Worte getreulich weiter, und an dem Leuchten in Mariskas Augen und dem leisen Lächeln um ihre Lippen erkannte sie, daß ihre Sorgen und Ängste unbegründet waren.

Dennoch: als der Zug mit einem florverhangenen Wagen drei Tage später Prinz Friedrichs Leiche nach Wildenstein zurückbrachte, gelang es Mariska nur unter Aufbietung ihrer ganzen Willenskraft und gegen den ausdrücklichen Rat des Arztes, die Fahrt darin durchzustehen.

Lord Arkley erfuhr aus den Zeitungen von den ausgedehnten Beisetzungsfeierlichkeiten, mit denen Wildenstein von seinem toten Regenten Abschied nahm.

Prinz Friedrich wurde also mit all dem Pomp und all dem Zeremoniell zur letzten Ruhe gebettet, wie er an sämtlichen Höfen Europas gang und gäbe war.

Die meisten Länder waren durch hohe Würdenträger vertreten, und obwohl der Kaiser an einer Teilnahme verhindert war, entsandte er als seine Repräsentanten Baron von Eckartstein und Admiral von Senden.

Lord Arkley hielt die Entsendung gerade dieser beiden Persönlichkeiten zu Friedrichs Begräbnis für eine äußerst zynische und geschmacklose Geste, die einem Monarchen eigentlich nicht zur Ehre gereichte.

Nachdem Mariska Marienbad verlassen hatte, war es Lord Arkley unmöglich gewesen, irgendeine intime Nachricht von ihr zu erhalten. Und das einzige, was er strikt zu unterlassen hatte, war der Versuch, sich mit ihr in Verbindung zu setzen, solange sie in Deutschland weilte. Mit schier unmenschlicher Überwindung hielt er sich an dieses unumgängliche Muß, das die Konvention ihm aufzwang.

Er wartete also, bis die Trauerfeierlichkeiten und Totenehrungen für Friedrich beendet waren und Mariska Wildenstein verlassen durfte, um nach Ungarn zurückzukehren.

Er hätte fast den Verstand verloren wegen der eigenen Hilflosigkeit, als ihm zu Ohren kam, daß sie einen Schwächeanfall erlitten hatte, nachdem die Beisetzung vorüber war, und daß sie sich erneut in ärztliche Behandlung hatte begeben müssen.

Wäre er dem Impuls eines normalen Mannes, der eine Frau liebt, gefolgt, er hätte jegliche Konventionen in den Wind geschlagen und Mariska in Wildenstein einfach aufgesucht.

Doch seine diplomatische Schulung und seine eiserne Selbstbeherrschung kamen ihm nun zustatten und hinderten ihn daran, einen nicht wiedergutzumachenden Fehler zu begehen.

Wochenlang fand er kaum Schlaf, doch als er dann erfuhr, daß Mariska sich so weit erholt hatte, um die Reise nach Ungarn anzutreten, fiel ihm eine Zentnerlast von der Seele.

Aber auch jetzt verbot er sich jede Annäherung. Eine angeborene Sensibilität und ein ungewöhnlicher Sinn für Schicklichkeit hielten ihn davon ab. Nicht einmal einen Brief gestattete er sich.

Er wußte, daß es falsch wäre, etwas zu tun, das Mariskas Familie argwöhnisch hätte machen können. Niemand von ihren Verwandten sollte sie verdächtigen, während ihrer Ehe mit Prinz Friedrich an einen anderen Mann gedacht zu haben.

Nur in einem einzigen Punkt wich er von der selbstauferlegten totalen Trennung ab: Er bat die Duchesse, Mariska jeden Monat in seinem Namen einen Strauß Blumen zu schicken.

Er wagte es nicht, dem Gebinde ein Billett oder einen handgeschriebenen Gruß beizugeben, weil ihm dies zu gefährlich schien. Außerdem glaubte er sicher sein zu können, daß Worte unwichtig zwischen ihnen waren und Mariska auch ohne schriftliche Beteuerungen wußte, wie sehr er mit seinem Denken und Fühlen bei ihr war.

Da er wußte, wie viele Monate bis zu einem Wiedersehen mit Mariska noch vor ihm lagen, stürzte sich Lord Arkley mit einer Hingabe und einem Eifer in die Arbeit, die jede der Damen, die ihn von früher kannten, in höchstes Erstaunen versetzt hätte.

Die großen Gastgeberinnen mußten feststellen, daß ihre sämtlichen Einladungen von ihm abgelehnt wurden. Und sie fanden für sein Verhalten nur die eine Erklärung, daß er leidenschaftlich in eine neue Liebesaffäre verstrickt sein müsse.

Als sie dann hörten, daß Lord Arkley nur noch selten zusammen mit einer Frau gesehen wurde und wenn, mit einer, die sehr viel älter war als er, waren sie zunächst erstaunt und schließlich verärgert.

Was mag nur mit Jan Arkley los sein? fragten sie sich. Er war doch einmal ein so amüsanter und geselliger Mann. Doch jetzt scheint er nur noch an seine Arbeit zu denken, und lachen sieht man ihn nur noch, wenn er mit dem König zusammen ist.

König Edward dagegen genoß die Bedingungslosigkeit, mit welcher sein Vertrauter neuerdings für ihn da war, er genoß es, so ausschließlich über dessen Dienste verfügen zu können.

So besserten sich dank der Bemühungen von »Uncle Bertie« und des selbstlosen Einsatzes von Lord Arkley die Beziehungen zwischen England und Deutschland zusehends. Nun war es Frankreich, das nervös zu werden begann und befürchtete, es könnte sich eine englisch-deutsche *Entente* anbahnen.

Bevor der König seinen gewohnten Kuraufenthalt in Marienbad antrat, beschloß er, dem Kaiser einen Besuch abzustatten. Die Franzosen wurden fast hysterisch bei dem Gedanken an das, was dabei alles passieren konnte.

Zum Glück verlief dieser Besuch, wie Lord Arkley fand, äußerst ereignislos und langweilig.

Der Kaiser erschien auf dem Bahnhof, um seinen Onkel dort abzuholen. Wie stets trug er seine unvermeidliche Uniform und war umgeben von einem Schwarm von Generälen und Stabsoffizieren.

Nach dem Dinner wurden zwar viele politische Fragen besprochen, aber König Edward verstand es so geschickt und geistreich, seinem Neffen immer wieder auszuweichen und sich von ihm nicht auf eine bestimmte Position festlegen zu lassen, daß Lord Arkley ihm seine Bewunderung nicht versagen konnte.

Aber alles in allem war dieser Besuch sehr mühsam und anstrengend, und als die erlauchte Versammlung am 16. August auseinanderging – der Kaiser mit seinem Gefolge nach Berlin zurückkehrte und der König mit seinen Begleitern nach Marienbad weiterreiste –, merkte man vor allem den Engländern die Erleichterung deutlich an.

An einem der Abende hatte König Edward den Kaiser auf Prinz Friedrich angesprochen.

»Bedauerlich, der tragische Tod deines Vetters, des Prinzen von Wildenstein«, hatte der König gesagt. »Aber vielleicht war es eine Erlösung für ihn, da er ja ständig unerträgliche Schmerzen zu erdulden hatte.«

»Friedrich?« fragte der Kaiser, der im ersten Augenblick nicht zu wissen schien, von wem sein Onkel sprach. »Ja, natürlich, Friedrich! Er war nach dem Bombenattentat nur noch ein Wrack. Hoffnungsloser Fall! Viele waren der Meinung, daß es besser für ihn gewesen wäre, wenn er bei der Explosion gar nicht mit dem Leben davongekommen wäre.«

Er sprach so kalt und gefühllos, daß Lord Arkley ihm am liebsten eine Ohrfeige versetzt hätte, aber der Kaiser wechselte das Gesprächsthema, und der Name des Prinzen wurde nicht wieder erwähnt.

Nun, während Lord Arkley sein Mittagsmahl im Zug mit einer schmackhaften Tasse Kaffee beendete, beugte sich der ältere Diener zu ihm herab und fragte:

»Haben Mylord vielleicht den Wunsch, sich nach dem Lunch umzukleiden?«

Lord Arkley hob fragend die Brauen, und der Diener fuhr fort:

»Ich denke an Reitkleidung, Mylord. Am Bahnhof wird zwar ein Wagen bereitstehen, um sie abzuholen. Aber falls sie gern den schnelleren Weg zum Schloß nehmen möchten, steht auch ein Reitpferd zur Verfügung.«

Lord Arkley war plötzlich wie elektrisiert.

Von einem früheren Besuch wußte er, daß zwischen dem Schloß und der Bahnstation ein herrlicher Tannenwald lag, der in vielem den Wäldern rings um Marienbad glich.

Er ging in ein kleines Nebenabteil und stellte fest, daß Hawkins ihm seine Reitkleidung bereits herausgelegt hatte.

Wenige Minuten später war Lord Arkley umgezogen.

Er kehrte in den Salon zurück, nahm in der Nähe des Fensters Platz und schaute hinaus auf die vorüberfliegende Landschaft. Obwohl es sehr warm war, lagen die Häupter der Berge im Schnee. Strahlend weiß hoben sie sich vom tiefen Blau des wolkenlosen Sommerhimmels ab.

Große Silberströme zogen majestätisch dahin. Sie waren nicht weniger eindrucksvoll anzusehen als die vielen

Schlösser und Burgen, die manche Hügel an ihrem Weg krönten.

Die Einladung zu einem Besuch auf Fertöd, dem Familienschloß der Esterházys, kam von Prinz Miklós persönlich.

Obwohl das Ganze wie eine gewöhnliche Einladung zur Jagd aussah, war Lord Arkley sicher, daß er Mariska auf dem Schloß antreffen und sie also bald wiedersehen würde.

Er war aufgeregt und ungeduldig wie ein Knabe, der sich zum erstenmal verliebt hat, und er war ehrlich genug, dies vor sich selbst zuzugeben.

Wenn er es genau betrachtete, stimmte es sogar: Er hatte noch nie eine Frau so geliebt, wie er Mariska liebte. Und in der langen Zeit der Trennung war diese Liebe Tag um Tag gewachsen, so daß er nun beinahe fürchtete, eine Enttäuschung zu erleben, weil die Wirklichkeit meist nicht zu halten vermochte, was Gefühle, Träume und Wünsche versprachen.

Doch dann beruhigte er sich damit, daß er sich immer wieder sagte, seine Ängste seien gewiß grundlos.

Wenn zwei Menschen sich so sehr liebten, wie Mariska und er es auf den ersten Blick getan hatten, wenn Gedanken und Gefühle so sehr übereinstimmten, wie es bei ihnen von Anbeginn der Fall gewesen war, dann konnten weder Raum noch Zeit etwas daran ändern.

Der Zug hielt mit knirschenden Bremsen an dem kleinen Nebenbahnhof, der eigens für die Bewohner des Schlosses und deren Gäste errichtet worden war.

Vor der Tür des Privatwagens wurde eilends ein roter Teppich ausgerollt, und als Lord Arkley ausstieg, wurde er von einem der jüngeren Söhne des Prinzen herzlich begrüßt.

»Es ist wundervoll, Sie zu sehen, Mylord!« rief der ungarische Adlige erfreut.

Lord Arkley schenkte dem gutaussehenden jungen Mann, der sich zusammen mit seinem Bruder bei seinem letzten Besuch auf Fertöd so rührend um ihn gekümmert hatte, einen dankbaren Blick.

Sie sprachen über die Reise und frischten einige Erinnerungen auf, während sie die kleine Station verließen, wo ein flotter Zweispänner und ein Landauer für die Diener und das Gepäck warteten.

Etwas abseits davon stand ein feuriges Reitpferd aus dem Stall des Prinzen, der dafür bekannt war, das beste Gestüt in Ungarn zu besitzen.

»Wie Sie wissen, ist der Weg durch den Wald ein ganzes Stück kürzer«, sagte der junge Mann, der Lord Arkley vom Zug abgeholt hatte. »Wenn es Ihnen Spaß macht, können Sie reiten. Leider muß ich mich dafür entschuldigen, daß ich Ihnen auf dem Ritt keine Gesellschaft leisten kann. Doch ich glaube, Sie werden bestimmt jemanden finden, der Ihnen den Weg zum Schloß zeigen wird.«

Bei diesen Worten zwinkerte er Lord Arkley verschwörerisch zu, und als Lord Arkley sich in den Sattel schwang, wußte er, daß die Zeit des Wartens vorüber war. In wenigen Minuten würde er Mariska wiedersehen.

Er war noch keine Meile geritten, als er vor sich die Silhouette eines Pferdes und einer Reiterin erblickte, die sich hell vor dem dunklen Hintergrund eines Tannenwaldes abhoben.

Sein Herz begann zu rasen, und wenige Sekunden später zügelte er sein Reittier vor ihr und starrte sie ungläubig an.

In einer großen Menschengruppe würde ich sie nicht erkannt haben, dachte er erstaunt bei sich.

Doch sie war es. Er erkannte sie an den Augen, die ihn strahlend vor Glück anschauten. Lange blickten sie einander an. Sie wußten, daß es keines Wortes bedurfte, um die stumme Zwiesprache ihrer Augen zu unterstützen.

Sie hatten sich wieder. Die Freude und das Entzücken des Wiedersehens umhüllte sie wie die wärmenden Strahlen der Sonne.

»Mariska!«

Lord Arkleys Stimme war heiser vor Erregung, und es war nicht nur ein Ausruf der Freude, sondern auch der Überraschung.

Nichts mehr war übriggeblieben von der zarten, unglücklichen jungen Frau, die er gekannt hatte. Nichts mehr war zu sehen vom Ausdruck der Furcht und Gehetztheit auf dem kleinen Gesicht, und das Dunkel auf dem Grund ihrer Augen war einer hellen Unbekümmertheit gewichen.

Vor ihm stand ein Mädchen, jung, strahlend, lebendig – die Verkörperung des Frühlings.

Mariska trug ein duftiges Kleid aus einem blassen Gelb, und da es sehr heiß war, hatte sie die Jacke abgelegt, und darunter kam eine gelbe Bluse aus einem noch zarteren Material zum Vorschein.

Während sie auf ihn wartete, hatte sie den breitrandigen Hut vom Kopf genommen und ihn an das Sattelhorn gehängt.

Der Sonnenschein, der durch die Bäume drang, zauberte seltsame Lichter auf ihr schwarzes Haar, brachte ihre weiße Haut zum Leuchten und ihre großen Augen zum Funkeln.

Keine Frau, dachte Lord Arkley, kann schöner und glücklicher aussehen.

Immer noch schwieg Mariska. Sie schien sich vom Anblick seines Gesichtes nicht losreißen zu können. Dann endlich flüsterte sie:

»Du bist da!«

Fast war es so, als spräche sie mit sich selbst, als bestätige sie eine Tatsache, die sie kaum zu glauben wagte.

»Ich bin da. Und du bist es auch, mein Liebling!«

Als sie den Kosenamen hörte, zeigte sich in ihren Augen ein Ausdruck von Scheu und Verlegenheit. Doch dann sage sie:

»Ich hätte es nicht ertragen können, wenn jemand bei unserem Wiedersehen dabeigewesen wäre. Außerdem wollte ich dir etwas zeigen.«

Sie ließ ihr Pferd antraben, und Lord Arkley setzte sich neben sie. Eine Zeitlang ritten sie Seite an Seite den Weg zwischen den Bäumen entlang.

Ganz plötzlich öffnete sich vor ihnen eine Lichtung. Zu ihren Füßen lag ein Waldsee.

Er war größer als der in Marienbad und auch schöner, denn hinter den hohen Tannen, die ihn umgaben, erhoben sich die schneebedeckten Gipfel der Berge.

Mariska lächelte Lord Arkley an, als sie sagte:

»Ich fürchte nur, es gibt kein Café hier. Aber wir sind wenigstens allein.«

»Das ist alles, was ich mir wünsche«, erwiderte er.

Sie zügelten ihre Tiere, und Lord Arkley stieg ab. Als er auf Mariska zuging, wußte er, daß sie darauf wartete, von ihm vom Pferd gehoben zu werden.

Sie war immer noch wie eine Feder in seinen Armen, obwohl sie seit damals zugenommen hatte. Auch ihr Gesicht war voller geworden, die Schärfe daraus geschwunden.

Er spürte ihre Brüste, die sich fest und rund unter dem weichen, hauchzarten Material der Bluse wölbten.

Langsam setzte er sie auf dem Boden ab, ließ seine Arme jedoch um ihre Hüfte liegen.

Die Pferde hatten angefangen zu grasen, und die beiden Liebenden standen allein unter den hohen Tannen.

»Hast du mich vermißt?« fragte Lord Arkley.

Sie machte keinen Versuch, sich aus seiner Umarmung zu befreien. Im Gegenteil, sie schmiegte sich enger an ihn, und er verstärkte den Druck seiner Arme.

»Ich habe gefürchtet, das Jahr würde nie zu Ende gehen«, flüsterte sie.

»Liebst du mich noch?«

Sie lächelte, und das Lächeln ließ sie sehr jung erscheinen. »Ich wollte – dir diese Frage stellen. Oft hatte ich solche Angst, du könntest mich vergessen.«

»Hast du das wirklich für möglich gehalten?«

Seine Stimme hatte einen dunklen Klang angenommen, der sie erbeben ließ.

»Ich . . . ich dachte an die vielen schönen Frauen, die du kennst . . .« begann sie und verstummte dann.

Sekundenlang schwieg sie.

Schließlich brach es aus ihr hervor:

»Nein, nein. Ich war mir sicher, ganz, ganz sicher, daß unsere Liebe zu wundervoll ist, als daß wir einander verlieren könnten.«

»So ist es«, entgegnete Lord Arkley. »Aber auch mir ist das vergangene Jahr endlos vorgekommen.«

»Ich liebe dich!«

Ihre Stimme klang leise, aber er hörte sie.

Er zog sie noch fester an sich, und seine Lippen berührten die ihren.

Das war es, was er ersehnt hatte, seit dem Augenblick, da er ihrer das erste Mal ansichtig geworden war. Aber er hatte nicht vergessen, daß Mariska noch nie zuvor geküßt worden war. Dies war das erste Mal.

Er war sanft, sehr sanft und zärtlich mit ihr. Er küßte sie, als ob sie eine Blume wäre, so daß die Heiligkeit und Reinheit ihrer Liebe durch die Berührung ihrer Lippen nicht verletzt wurde.

Für Mariska war es, als hätten sich die Tore des Himmels aufgetan. Sie fühlte sich beschenkt mit etwas, von dem sie stets geträumt hatte.

Es ist das, sagte sie sich, was jenseits der Nebel lag und in den geheimnisvollen Schatten der Tannen.

Eine Ekstase erfaßte sie, für die es keine Worte gab. Sie gab ihr das Gefühl, als verschmelze ihr ganzes Sein mit dem des geliebten Mannes.

Sie fühlte sich hinweggetragen.

Hinaus aus dieser Welt in jene andere, von der Lord Arkley zu ihr gesprochen, deren Existenz sie jedoch nie für möglich gehalten hatte.

Er war da. Er war bei ihr!

Er war ihr Führer, ihr Meister, ihr Beschützer und Begleiter.

Es war so vollkommen, so wunderbar. Und als Lord Arkley den Kopf hob und sie ihn anblickte, glaubte sie, ein Lichtschein umgebe ihn und ein Abgesandter des Himmels stehe vor ihr.

Als er den Glanz, das Leuchten in ihren Augen sah und die Sanftheit ihrer Lippen, als er fühlte, wie ihr Herz gegen das seine schlug, sagte er:

»Ich bete dich an, mein wunderbarer Liebling. Wir sind zusammen. Es wird keinen Gram, keinen Kummer mehr für dich geben. Ich werde dich glücklich machen. Ich schwöre es dir.«

»Ich liebe dich«, flüsterte Mariska. »Ich liebe dich so lange, bis die ganze Welt mit meiner Liebe erfüllt ist.«

»Ja, mein Liebstes«, sagte er dicht an ihrem Mund.

Dann küßte er sie, und diesmal waren seine Lippen fordernder, besitzergreifender als beim ersten Mal.

Erst lange Zeit später gingen sie Arm in Arm zu einer moosbewachsenen Bank direkt am Seeufer, und Lord Arkley konnte den Blick nicht von Mariska wenden.

»Du bist noch viel schöner, als ich dich in Erinnerung hatte«, sagte er. »Und ich glaube, den Grund dafür zu kennen. Es gibt nichts mehr, was dich ängstigt und beunruhigt. Du warst so verzweifelt und gehetzt, und ich hätte dich so gern in die Arme genommen und dir gesagt, daß ich dich beschützen möchte.«

»Aber du hast mich beschützt.«

»Und ich werde es weiterhin tun, bis ans Ende meines Lebens.«

Sie seufzte vor Glück und legte den Kopf an seine Schulter.

»Ich hatte Angst, es wäre alles nur ein Traum«, sagte sie, »und irgend etwas Unvorhergesehenes könnte geschehen, das dich daran hindern würde, zu mir zu kommen.«

»Keine Macht der Erde hätte mich daran hindern können«, antwortete er. »Obwohl König Edward mich regelrecht angefleht hat, bei ihm in Marienbad zu bleiben.«

»Aber du hast seinem Drängen nicht nachgegeben.«

»Ich habe ihm eine so deutliche Absage gegeben, daß er ganz erstaunt war.« Lord Arkley lächelte. »Er wird nun lernen müssen, in der Zukunft ohne mich zurechtzukommen.«

»Ohne dich zurechtzukommen?« fragte Mariska. »Soll das heißen . . .«

»Es soll heißen, daß ich von nun an die meiste Zeit meines Lebens in meinem Zuhause verbringen werde – bei meiner Frau.«

Sie stieß einen Freudenschrei aus.

»Du weißt, daß es mein einziger Wunsch ist, für immer mit dir zusammenzusein – in deinem Haus mit den französischen Möbeln, in dem Haus, das von jetzt an auch mein Zuhause wird.«

»Und so soll es auch sein!« versprach er ihr. »Wie bald wirst du mich heiraten, mein Schatz?«

»So bald wie du mich willst.«

»Oh, das ist heute abend oder spätestens morgen früh!«

Sie lachte.

»Ich habe der Familie noch nicht gesagt, weshalb du nach Ungarn kommst. Ich habe Vetter Miklós nur gebeten, dich zu uns einzuladen. Doch irgendwie glaube ich, daß sie etwas ahnen.«

»Und warum sollten sie das?«

»Weil ich meine Freude und Aufregung nicht verbergen konnte, nachdem ich wußte, daß du die Einladung meines Vetters angenommen hattest.«

»Wenn er mir keine Einladung geschickt hätte, wäre ich auch ohne sie gekommen«, sagte Lord Arkley. »Wir haben nun genug Rücksicht auf die Konvention genommen. Mehr kann kein Mensch von uns verlangen! Wir sind frei. Frei, einander zu lieben und einander zu heiraten, wie es unser Wunsch ist.«

»Ich liebe dich mit allem, was ich bin und habe«, flüsterte Mariska. »Aber was ist, wenn du von mir – enttäuscht bist?«

Sie sah das Lächeln auf seinen Lippen, aber bevor er noch etwas erwidern konnte, fuhr sie fort: »Ich habe so viel über den Erfolg gehört, den du bei Frauen hattest. Du galtest als der attraktivste und begehrenswerteste Mann in London – und vielleicht auch in Paris.«

»Du schmeichelst mir«, antwortete Lord Arkley. »Außerdem hast du viel zuwenig in den Spiegel geschaut, mein einziger Liebling. Sonst müßtest du wissen, daß es auf der ganzen Welt keine schönere Frau gibt als dich!«

»Vielleicht bist du voreingenommen«, entgegnete Mariska, »obwohl ich mir immer gewünscht habe, daß du dies von mir denken würdest.«

Sie hob ihm die Lippen entgegen, und er küßte sie, bis sich der Wald, der See und der Himmel um sie zu drehen begannen. In seinen Augen erkannte sie ein nie gesehenes Feuer, und seine Stimme hatte einen leidenschaftlichen Klang angenommen.

»Ich begehre dich«, sagte er heiser. »Die Zeit des Wartens auf Rachel ist vorüber. Ich kann nicht länger ohne dich sein.«

Ihr Gesicht an seiner Schulter geborgen, sagte sie mit leiser Stimme:

»Wenn du deiner ganz sicher bist – und nicht alle deine Freunde dabeihaben willst, könnten wir . . . könnten wir in der Schloßkapelle heiraten.«

»Oh, mein Liebling!« rief er aus. »Die Kapelle hatte ich völlig vergessen. Einen schöneren Ort für unsere Trauung kann ich mir gar nicht vorstellen!«

»Ich hoffte, daß du das sagen würdest!« antwortete Mariska. »Und mehr als alles in der Welt möchte ich deinen Namen tragen – und keinen anderen sonst.«

»Sobald du meine Frau bist, werden wir all das Düstere vergessen, was in der Vergangenheit gewesen ist. Wir werden so tun, als hätten wir uns kennengelernt auf einer Party im Schloß deines Vetters.«

Er küßte ihr Haar, bevor er fortfuhr:

»Ich bin ein blasierter und zynischer Engländer, was Frauen betrifft, und ich weile in Ungarn, um Rebhühner zu schießen.«

Mariskas Augen verwandelten sich in die eines Kindes, das hingebungsvoll und gespannt einem Märchen lauscht.

»Auf dem Schloß begegne ich einem Mädchen, das Mariska Esterházy heißt und eben aus dem Schulzimmer kommt, die Schulbücher unter dem Arm. Sie ist jung, unschuldig und so hinreißend schön, daß ich mich Hals über Kopf in sie verliebe.«

»Und was geschieht dann?« fragte Mariska entzückt.

»Zu meinem größten Glück stelle ich fest, daß sie mich auch ein bißchen liebt . . .«

»Nicht ein bißchen!«

»Na gut, dann eben etwas mehr.«

»Nein, mehr als alles auf der Welt!«

Ein leidenschaftlicher Klang war in Mariskas Stimme, und beglückt zog Lord Arkley sie an sich.

Sie glaubte, er wollte sie küssen und hob ihm verlangend den Mund entgegen. Doch er sagte nur ganz leise:

»Mariska Esterházy war nicht nur die schönste Frau, die ich je in meinem Leben gesehen habe. Ich stellte auch fest, daß sie noch nie geküßt worden war.«

Er machte eine kleine Pause und fuhr dann fort:

»Und denk dir, der elegante, blasierte und zynische Lord Arkley fand das keineswegs langweilig oder fade. Im Gegenteil: er war begeistert darüber, fand es höchst interessant und erregend.«

Lord Arkley zog Mariska noch fester an sich, und seine Lippen preßten sich auf die ihren.

Er küßte sie, bis sie glaubte, das Herz in der Brust würde ihr zerspringen, und sie keine Luft mehr bekam.

Als er den Kopf hob, sagte er:

»Kannst du dir einen Mann vorstellen, dem es in deiner Nähe jemals langweilig sein könnte, Liebste?«

Seine Wange an ihre geschmiegt, setzte er hinzu:

»Es gibt so vieles, das ich dich lehren muß, und es wird das Aufregendste und Schönste sein, was ich je im Leben getan habe.«

»Und das Wundervollste und Zauberhafteste für mich!«

»Mein Liebling, ich werde dich glücklich machen!«

»Ich – bin – schon – glücklich! Weil – du da bist! Aber es war sehr, sehr schwer für mich, so lange auf dich zu warten.«

»Wir haben einander versprochen, die Vergangenheit zu vergessen!« erwiderte Lord Arkley. »Von nun an gibt es für uns nur noch das Heute. Das Heute ohne Wolken, ohne Sorgen und ohne Kümmernisse. Von jetzt an, mein Liebling, wird das Glück zu unserem ganz normalen Leben gehören!«

»Das ist alles, was ich mir wünsche«, sagte Mariska leise. »Für immer in deiner Nähe zu sein! Denn in deiner

Nähe fühle ich mich sicher und unvorstellbar glücklich. Nichts beunruhigt mich mehr, ich kann alles vergessen, was vorher war.«

»Das ist es, was ich möchte. Wir werden über so viele Dinge zu reden haben, so viele Dinge tun müssen, daß sich die Vergangenheit in nichts auflösen wird.«

»Das hat sie bereits getan!« sagte Mariska voller Inbrunst. »Wie ich vorhin schon sagte: In meinem Denken und Fühlen gibt es nur noch dich – und dich allein.«

Wieder küßte Lord Arkley sie.

Und dann erfaßte sie beide eine drängende Ungeduld. Der Wunsch, ihr gemeinsames Leben so schnell wie möglich zu beginnen, war plötzlich so stark in ihnen, daß es sie nicht mehr an diesem idyllischen Ort hielt.

Beide sprangen sie auf.

Ihre Pferde grasten nur wenige Schritte von ihrem Platz entfernt.

Lord Arkley hielt Mariskas Hand. Er blickte in ihr Gesicht, das sie zu ihm erhoben hatte.

»Bis zu dieser Stunde wußte ich nicht, daß ein Mensch so glücklich sein und so sehr lieben kann«, sagte er.

»Es ist, als wäre ich aus einem langen, tiefen Schlaf erwacht«, sagte Mariska. »Und ich habe das Gefühl, mich in einer verzauberten Welt zu befinden, die so wundervoll ist, daß ich fürchte, gleich wieder aus ihr vertrieben zu werden.«

»Niemand wird dich aus dieser neuen Welt vertreiben, denn es ist von nun an deine Welt«, erwiderte Lord Arkley. »Sie gehört zu dir, wie ich zu dir gehöre. Und es ist eine Welt, in der es für dich nur Liebe geben wird. Ich verspreche es dir, Liebling.«

Aus großen Augen schaute Mariska zu ihm auf. Wie von einer unwiderstehlichen Macht getrieben, warf sie sich Lord Arkley an die Brust, und er schlang erneut seine Arme um sie.

»Es ist die wirkliche Liebe, die uns verbindet, mein Schatz«, sagte er. »Und ihr Zauber wird nie mehr vergehen, so lange wir leben!«

Seine Stimme hatte einen feierlichen Klang, und es war Mariska, als würde er ihr und sich selbst einen heiligen Eid schwören.

Wieder küßte er sie, und sie wußte, dieser Kuß war die Besiegelung eines Versprechens – sie konnte seiner Liebe und Treue für immer sicher sein.